Bianca

UNA RECONCILIACIÓN TEMPORAL
Dani Collins

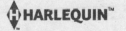

HARLEQUIN™

Editado por Harlequin Ibérica.
Una división de HarperCollins Ibérica, S.A.
Núñez de Balboa, 56
28001 Madrid

© 2018 Dani Collins
© 2019 Harlequin Ibérica, una división de HarperCollins Ibérica, S.A.
Una reconciliación temporal, n.º 2747 - 25.12.19
Título original: Claiming His Christmas Wife
Publicada originalmente por Harlequin Enterprises, Ltd.

I.S.B.N.: 978-84-1328-604-4
Depósito legal: M-32666-2019
Impreso en España por: BLACK PRINT
Fecha impresion para Argentina: 22.6.20
Distribuidor exclusivo para España: LOGISTA
Distribuidor para México: Distibuidora Intermex, S.A. de C.V.
Distribuidores para Argentina: Interior, DGP, S.A. Alvarado 2118.
Cap. Fed./Buenos Aires y Gran Buenos Aires, VACCARO HNOS.

Capítulo 1

EL SEÑOR Travis Sanders?

–Sí –contestó, molesto. Su asistente había interrumpido una reunión al más alto nivel y quería que aquella desconocida fuera al grano–. ¿De qué se trata?

–Imogen Gantry, ¿es su esposa?

–Estamos divorciados –contestó, bajando la voz y mirando a su alrededor–. ¿Es usted periodista?

–Estoy intentando localizar a su familiar más cercano. Lo llamo desde…

Y le dio el nombre de uno de los hospitales públicos más desbordados de Nueva York.

La ira que había despertado la sola mención del nombre de su ex explotó, dejándolo ciego, cayendo por un precipicio, con el viento atronándole los oídos y sin que el aire pudiera entrarle en los pulmones.

–¿Qué ha ocurrido? –consiguió decir.

Tenía los ojos cerrados, pero ella estaba justo delante de él, riendo, sus ojos verdes brillando, el pelo un halo de llamas flotando alrededor de su piel de nieve. Tan encantadoramente hermosa pero, de pronto, tan llena de ira. Tan herida y vulnerable aquella última vez que la había visto.

Le había dicho que no quería volver a verla, aunque en el fondo esperaba que no fuese así.

En la distancia oyó que la mujer seguía hablando.

–Se desmayó en la calle. Tenía fiebre y quedó inconsciente. ¿Sabe si está tomando alguna medicación? Está esperando tratamiento, pero…

–¿No ha muerto?

Sabía que había sonado como si aquel fuera el resultado que preferiría, pero Imogen se las pintaba sola para hacerle creer una cosa, retorcer sus emociones a extremos insoportables y luego enviarlo en dirección contraria.

–¿Y la han llevado a ese hospital? ¿Por qué?

–Creo que es el que estaba más próximo. No llevaba teléfono, y su nombre es el único que he podido encontrar en su bolso. Necesitamos saber qué hacer en cuanto al tratamiento y al seguro. ¿Puede usted facilitarnos esa información?

–Pónganse en contacto con su padre –contestó, acercándose a la puerta de la sala para decirle a su asistente–: Busca el número del padre de Imogen Gantry. Trabaja en el mundo editorial. Me parece que su nombre empieza por W. ¿William?

No lo conocía. Solo la había oído mencionar su nombre en un par de ocasiones. ¡Quince años desde que se casaron, y apenas sabía nada de ella!

–¿Wallace Gantry? –adivinó su asistente–. Parece ser que falleció hace unos meses –respondió, leyendo en la pantalla del ordenador. En el obituario se decía que había sido precedido por su esposa y su hija mayor, y que solo quedaba viva la menor, Imogen.

Perfecto.

Sabía que no debería dejarse arrastrar a su órbita, pero ¿qué otra cosa podía hacer?

—Estaré ahí cuanto antes.

Imogen recordaba haberse sentado en la acera. No se trataba de una de esas preciosas avenidas recién lavadas por la lluvia, con un trozo de césped bien cortado bajo olmos centenarios, frente a una amplia escalera que diera acceso a una puerta de doble hoja.

No. Se trataba de una acera gélida e inmunda del centro de la ciudad, en la que la pila de nieve se había transformado ya en un montón de barro sobre la mugre de cien años adornada con chicles y otras porquerías, y ni siquiera el frío podía disimular el mal olor que salía de la alcantarilla que tenía a los pies. No debería haber tocado el poste al que se había agarrado por evitar sentarse y que un coche le seccionara las piernas, o por lo menos que la bañara con el charco de la nieve derretida.

Pero no le había importado. Sentía un lado de la cabeza dos veces más grande que el otro. El oído de ese lado le dolía y había comenzado a pitar tan fuerte que el sonido parecía salir también por su boca.

Había tenido que sentarse para no acabar cayéndose. La fiebre era la forma natural del cuerpo para matar un virus, ¿no? Entonces, ¿por qué no había acabado con la infección de oído? ¿Y quién se desmayaba por una cosa tan tonta?

Es que había empezado a ver todo borroso, y se sentía tan mal que no le importaba estarse calando con la nieve. Su único pensamiento había sido «así es como me voy a morir». Un final que a su padre le habría gustado: tirada en la calle como un perro una semana antes de Navidad. Incluso Travis habría llegado a la conclusión de que tenía lo que se merecía. Si es que alguna vez se enteraba, lo cual no era muy probable.

Sucumbir había supuesto un tremendo alivio. Luchar era duro, especialmente si se trataba de una batalla perdida. Claudicar era mucho más fácil. ¿Por qué no lo habría hecho antes?

Así que, aquello era morir.

Ya estaba muerta. Bueno, lo más probable era que aquello no fuera el cielo, y no es que esperase ir allí. Seguramente sería el infierno. Había mucho ruido. El cuerpo le dolía y el oído malo lo sentía como lleno de agua. Tenía la boca tan seca que no podía tragar. Intentó formar palabras, pero lo único que salió de sus labios fue un gemido de tristeza.

Un peso se levantó de su brazo, un peso cálido del que no había sido consciente hasta que lo perdió y que le dejó una honda sensación de pérdida. Oyó pasos y luego una voz masculina.

—Se está despertando.

Conocía aquella voz… los ojos le escocieron, y el aire que había estado respirando tan fácilmente se tornó denso y duro de respirar. El miedo y la culpa le contrajeron el pecho. No se podía mover, pero interiormente se encogió.

No cabía ninguna duda: había ido al infierno.

Un ruido de pasos más ligero y rápido se acercó. Abrió los ojos y el brillo de la luz le hirió. Estaba en una habitación de esas decoradas con un buen gusto aséptico, pintada en colores plácidos. Podría ser una de las que su padre había ocupado los últimos meses de su vida. La habitación de un hospital privado. ¿Por una infección de oído?

—Yo…

«Yo no puedo permitirme esto», intentó decir.

—No intente hablar aún —dijo amablemente la enfermera, dedicándole una sonrisa de dientes muy blancos que relucían junto a su piel marrón oscura. Le tomó la muñeca para controlarle el pulso. Su tacto era delicado y cálido. Maternal. A continuación comprobó su temperatura—. Mucho mejor —sentenció.

Tenía miedo de volver la cabeza sobre la almohada y encontrarse con él. Iba a doler, y aún no se sentía capaz.

—¿Cómo he acabado aquí? —consiguió articular.

—¿Agua? —le ofreció la enfermera de un vasito con una pajita en ángulo recto.

Tomó dos tragos.

—Despacio. Déjeme que avise al doctor de que ya está despierta, y le daremos otro poco de agua y algo de comer.

—¿Cuánto tiempo…?

—Ingresó ayer.

La enfermera salió tras dedicarle una sonrisa al observador del otro lado de la cama.

Volvió a cerrar los ojos. Qué infantil. Puede que su padre tuviera razón y que fuera, simple e irrevocablemente, mala.

Un zapato rozó el suelo. Se había acercado más.

Le oyó suspirar como si supiera que lo estaba evitando.

—¿Por qué estás aquí? —preguntó.

En sus sueños más secretos, aquel reencuentro ocurría en terreno neutral. En un café, o en algún sitio con unas bonitas vistas. Tendría un cheque en la mano que rellenaría con el importe que le habían concedido en el acuerdo de divorcio, un dinero que él pensaba que le había robado. En su fantasía le explicaba por qué lo había aceptado y él, si no la perdonaba, al menos dejaba de despreciarla.

Quizás no fuera para tanto. Al fin y al cabo estaba allí, ¿no?

Oyó una cremallera y el sonido le hizo abrir los ojos.

—¿Has estado mirando en mis cosas?

En su pequeña bolsa roja que había pertenecido a su madre llevaba todo lo que tenía de valor: el permiso de conducir, la tarjeta de crédito, la llave de su habitación, la única foto en la que aparecían su madre, su hermana y ella y el certificado de matrimonio en el que se decía que Travis Sanders era su esposo.

—La enfermera buscaba a tu pariente más cercano.

Qué bien se le daba a aquel hombre mostrar desdén en la voz. Ella conocía bien el desprecio por la cantidad de veces que lo había experimentado en la vida, y a él le importaba un comino ser la única persona que quedase en el mundo con la que tenía una conexión, ya que su breve relación le asqueaba.

—Es el único documento identificativo que tengo.

—¿Y la partida de nacimiento? —sugirió.

Quemado años atrás después de una discusión con su padre. Qué idiotez.

Quiso cubrirse los ojos con el brazo, pero las extremidades le pesaban una enormidad y al intentar moverlo se dio cuenta de que tenía una vía saliendo de él.

Se miró el brazo, luego el techo y luego a él.

Dios, qué dolor. Aún era más perfecto. Sus facciones se habían marcado más y desprendían mayor cantidad de arrogancia y poder. Estaba recién afeitado, y no con aquella barba de unos días que le hacía parecer humano y que era como ella lo recordaba cada vez que se atrevía a evocar su pasado: el pelo revuelto, el pecho desnudo y caliente cuando se apoyaba en ella y la hundía en la cama.

Vestía un traje de tres piezas en gris marengo con corbata del mismo color y apretaba los labios firmemente, mirándola como quien contemplase la ropa del tambor de la lavadora antes de haber pasado por el aclarado. Así de atractiva se sentía, mientras que él… él era Travis.

—¿Hay alguien a quien deba llamar?

Sus ojos eran dos dólares de plata. Cuando se conocieron, pensó que sus ojos grises resultaban increíblemente cálidos y penetrantes. El modo en que la había mirado era más que halagador. Llenaba un vacío en su interior.

Pero en aquel momento resultaban tan fríos y desprovistos de emoción como los ojos azules de su padre. No era nada para Travis. Absolutamente nada.

—Ya has hecho bastante —contestó, convencida de que él era la razón de que estuviera en aquella habitación de cinco estrellas. Miró por la ventana. Nevaba. La vista era como una manta blanca sobre un jardín de serenidad.

—De nada —replicó.

¿Se suponía que debía darle las gracias por salvarle la vida empobreciendo al mismo tiempo lo que quedaba de ella?

—Yo no te he pedido que te involucraras.

Aunque en realidad sí que lo había hecho al ir por ahí llevando su certificado de matrimonio en lugar de los papeles del divorcio, que por cierto, no sabía dónde andaban.

—Vaya, así que yo tengo la culpa de esto —dijo sin disimular su ira—. Yo he venido pensando que… pero bueno, no importa. He cometido un error. Tú, Imogen, eres el único error de mi vida, ¿lo sabías?

Capítulo 2

TRAVIS la oyó contener la respiración ante semejante golpe. Lo cierto era que no se sentía particularmente mal por acosarla estando ingresada. Le había dicho la verdad, y ella no parecía apreciar su ayuda cuando podía perfectamente haber colgado el teléfono al oír su nombre.

Y debería haberlo hecho. Imagen Gantry era la viva imagen de una mimada princesa de Nueva York, egoísta, manipuladora y decidida a aprovecharse de cualquiera.

En aquel momento no lo parecía, desde luego. ¿Qué narices habría estado haciendo para acabar en una sala de urgencias desbordada y mal atendida, incapaz de pronunciar palabra?

—Date por contenta con que haya hecho que te trasladen. ¿Sabes dónde te llevaron cuando recogieron tu cuerpo congelado de la acera? ¿Y qué hacías en esa parte de la ciudad, por cierto?

—Si te lo dijera, no me creerías —respondió, mirándolo a los ojos y debatiéndose sobre si decírselo o no.

Al final decidió no hacerlo, y la luz se apagó en sus ojos verdes.

Drogas, se había imaginado él cuando le dijeron dónde la habían encontrado y al ver en qué estado se encontraba. Parecía la única explicación posible, pero en los análisis de sangre no había salido nada, y tampoco tenía marcas ni presentaba síndrome de abstinencia.

Lo que sí tenía era una fiebre altísima a causa de una infección de oído que afortunadamente respondió bien al antibiótico intravenoso.

Se lo habían administrado al ser trasladada a aquel hospital privado, cien veces mejor equipado. Había intentado recordar la fecha de su nacimiento y había buscado detalles sobre ella en Internet, pero parecía no existir en ningún registro. Solo en carne y hueso, de modo que había tenido que dar la suya y comprometerse a sufragar los gastos del tratamiento. Había encontrado un puñado de publicaciones antiguas en las que se la veía en fotos con otras famosas en los clubes que frecuentaba más o menos en la fecha en que se casaron, pero aparte del obituario de su padre, no había nada reciente sobre ella online.

Los medicamentos que le habían administrado la habían dejado dormida durante veinticuatro horas, pero a juzgar por los círculos oscuros que rodeaban sus ojos y a la coloración oliva de su piel, lo necesitaba. Las mejillas hundidas debían responder al deseo de estar esquelética para seguir los dictados de la moda, pero llevaba las uñas descuidadas y tenía el pelo apagado y sin arreglar.

Sintió lástima por ella. Lástima e ira. Sabía que cometía un error casándose con ella. ¿Por qué lo había hecho?

En aquel momento llegaron el médico y la enfermera.

–Está agotada –le dijo tras explicar que tenía que acabar de tomar por vía oral el antibiótico además de hierro, ya que estaba anémica–. Le voy a dar la baja durante unas semanas, unos complejos vitamínicos y comida decente. Tiene que recuperar las fuerzas.

«¿Baja de qué?», se preguntó Travis. No había tenido un trabajo de verdad en su vida.

–Gracias –contestó Imogen con una sonrisa forzada, y dobló la receta por la mitad antes de tendérsela a Travis.

Él le acercó la vieja bolsa de seda que era todo lo que llevaba consigo cuando se desmayó. Veinte o treinta años antes habría sido de buena calidad, pero estaba desgastada y fea.

–¿Puedo irme? –preguntó.

–Uy, no, por Dios. Tenemos que ponerle otra dosis de antibiótico y hierro. Ya hablaremos del alta mañana, pero yo creo que hasta últimos de semana…

–Yo no puedo permitirme pagar todo esto –lo interrumpió–. Por favor, quítenme esto –rogó, levantando el brazo.

–Señora Sanders…

–Gantry –dijo al mismo tiempo que Travis–. Estamos divorciados.

El médico los miró perplejo.

–Mi exmarido no va a pagar el tratamiento. Lo haré yo.

Travis enarcó las cejas por la sorpresa, que fue mucho menor que la que suscitaron sus siguientes palabras.

–Y no puedo pagarlo, de modo que por favor, déjenme salir de aquí del modo más rápido y barato posible.

–No está usted bien –dijo el médico con firmeza–. No lo está –añadió mirando a Travis.

–Pagaré yo –dijo él, mordiendo las palabras, en un tono tan despectivo que Imogen se encogió–. Ya me lo devolverás.

–Yo me ocupo de mis gastos –respondió, también con desdén–. Pero aquí se acaban las facturas. Tráiganme lo que tenga que firmar y quítenme esta aguja del brazo. ¿Dónde está mi ropa?

–La tiré –contestó Travis.

–¿Qué? ¿Pero quién te crees…? ¡genial! Voy a necesitar un pijama –dijo, mirando a la enfermera–. Y qué narices… también una comida caliente, ya que voy a gastar como un marinero borracho.

–Al más puro estilo Imogen Gantry –la corrigió Travis en voz baja.

–No quiero entretenerte más –replicó ella.

Tuvo el valor de hacerle al médico un gesto con la cabeza para que saliera a hablar con él al pasillo.

–¡Ni se te ocurra hablar por mí! –le prohibió cuando ya salían–. ¿Ves lo que acaba de ocurrir?

–Déjeme que le ponga esta dosis de medicación antes de quitarle la aguja. Voy a traerle un plato de sopa.

Imagen se quedó dormida en el tiempo que le costó a la enfermera volver, pero se sintió un poco mejor después de tomarse la sopa y beber un vaso de zumo vegetal. Parte de la debilidad que la había acosado en la calle era hambre. Al parecer, el cuerpo necesitaba comer cada día, y distraer unas cuantas guindas del bar mientras fregabas el suelo no contaba. #CosasQueNoTeEnseñanEnElColegio.

La enfermera le quitó la aguja y le dio unas pastillas antes de ayudarla a ducharse y a vestirse con un pantalón de pijama y una camiseta decorada con unos pájaros amarillos.

Después de tanta actividad, incluso peinarse le era demasiado, de modo que se recogió el pelo con una goma que le pidió a la enfermera y se dejó caer en una silla temblando por el esfuerzo para ponerse unas finas zapatillas que iban a costarle cien dólares.

Firmó el alta voluntaria y agradeció que Travis no le hubiera tirado las botas. De camino a la salida, tomó una manta de un carro, pero aun así iba a ser un camino largo hasta su casa. No tardaría en oscurecer y seguía nevando, ya casi a oscuras aun siendo las tres de la tarde. Su tarjeta de crédito combustionaría si intentaba siquiera sacar un billete de metro, así que no tenía elección.

—Adiós —se despidió al pasar por el control de enfermería—. Añadan esto a la cuenta —dijo, mostrando la manta—. Gracias.

—Señora Gantry —protestó la enfermera—, de verdad que debería descansar.

—Lo haré en cuanto llegue a casa —mintió. Tenía que pasar por el bar de moteros en el que le daban trabajo después de haberse saltado el turno de la noche anterior con aquella inesperada visita a la zona buena de la ciudad.

Dejó atrás el calor abrasador del espacio que separaba los dos pares de puerta automáticas y el invierno le golpeó en la cara, arrancándole el noventa por ciento de la energía que le quedaba. El frío penetró en ella antes de que hubiera dado diez pasos, pero siguió adelante por el acceso circular que daba a la verja y que protegía aquel lugar como el paraíso que era.

Llegar siquiera a la carretera ya era un largo camino y se detuvo, quitó la nieve de un banco dedicado a un benefactor del hospital y se sentó para recuperar las fuerzas. Era tan patética que los ojos se le llenaron de lágrimas. Menos mal que el oído no le dolía como antes.

Pero el pánico comenzó a abrirse paso mientras el aire que exhalaba se convertía en humo delante de su cara. Temblaba y le castañeteaban los dientes. ¿Cómo iba a seguir?

Pues día a día, se dijo, cerrando los ojos. Un paso detrás de otro.

Antes de que pudiera levantarse, un coche negro se detuvo en la curva delante de ella. El chófer se bajó y abrió la puerta de atrás. Ya sabía quién iba a bajarse e intentó fingir que estaba aburrida en lugar de destrozada.

Ni siquiera su padre la aplastaba con tanta eficacia como lo lograba una mirada de aquel hombre. Llevaba un sombrero de fieltro y un fantástico abrigo de lana hecho a medida.

—Pareces un gánster –le dijo, examinando sus perfectos pantalones y sus zapatos italianos–. No tengo tu dinero, así que vas a tener que partirme las piernas.

—¿Te sirven para subir al coche, o también voy a tener que hacerlo por ti?

El aire era tan frío que respirar le hacía daño en los pulmones.

–¿Y a ti qué te importa?

–No me importa –replicó, brutal.

Imogen volvió la mirada al hospital. Como siempre, había llegado demasiado lejos y tenía que lidiar con el resultado.

–Le dije al médico que te llevaría a tu casa si insistías en marcharte y que me aseguraría de que algún vecino pasara a verte.

¿El traficante de drogas que vivía enfrente? Genial.

Apretó la bolsa contra el pecho dentro de la manta que sujetaba con las dos manos y bajó la mirada para contemplar los copos de nieve que le caían en las rodillas para que él no pudiera ver hasta qué punto estaba al borde de las lágrimas.

–Puedo ir sola a mi casa.

Travis, que era un hombre de acción, no dijo una palabra. Tanta prisa se dio en tomarla en brazos, meterla en el coche y subir él que Imogen apenas tuvo tiempo de saber lo que pasaba.

Dios, qué maravillosamente bien se estaba allí dentro, tanto que tuvo que contener un gemido de placer.

–A ver –dijo él, mientras cerraba la puerta y tiraba de los puños de la camisa–. ¿Dónde está tu casa exactamente?

–¿No te lo han dicho en el hospital? Parecían tan encantados contándotelo todo sobre mí… ¿Cuál es mi grupo sanguíneo, por cierto? Nunca lo he sabido.

Él se limitó a inclinar levemente la cabeza en dirección al chófer. Así que iban a hacerlo, ¿eh? Pues bien. Que disfrutara de tenerla en un puño. A lo mejor si se daba cuenta de que el castigo que estaba sufriendo era duro, dejaría de mostrarse tan altivo y resentido.

Le dio la dirección.

El chófer miró por el retrovisor frunciendo el ceño, igual que Travis.

–¿En serio?

Ella se encogió de hombros.

–Querías saber qué hacía en ese barrio, ¿no? Pues vivo allí.

–¿Qué estás haciendo, Imogen? –preguntó, cansado–. ¿A qué juegas? Porque no voy a permitir que vuelvas a liármela.

–Entonces, ¿no me llevas a casa?

Puso la mano en el tirador de la puerta.

Él suspiró.

–Si te llevo hasta allí, ¿qué va a pasar? ¿Te irás a la cama de algún chulo para fastidiar a tu padre? ¿Te zurra bien? Es lo que siempre has necesitado.

–No es necesario. Tú lo estás haciendo de maravilla.

–Dime dónde vives de verdad –insistió entre dientes.

–Acabo de decírtelo. Voy a meterme en *mi* cama y, con un poco de suerte, no me volveré a despertar.

No estaba hablando por hablar. Su vida era una cloaca. A duras penas lograba sobrevivir.

Apoyó la cabeza en el respaldo y debió quedarse dormida porque de pronto le oyó decir:

–Ya hemos llegado.

–Bien. Gracias –contestó, mirando para ver si venían coches antes de abrir la puerta.

–Así que piensas seguir con esto –murmuró Travis.

Bajó del coche y con una mano le indicó que bajase también. Tuvo que ayudarla. Ella se aferró a su mano, temblando, deseando apoyarse en su pecho y rogarle «no me dejes aquí». El miedo era constante, pero intentaba no mostrarlo. Era un barrio distinto, pero la aprensión era la misma que había sentido durante la infancia. Cualquier signo de debilidad la convertiría de inmediato en presa.

Pero nunca había estado tan débil como en aquel momento, y hubo de hacer un esfuerzo sobrehumano para cercenar aquella mínima conexión con él, y no solo físicamente. Se sentía tan sola, tan a la deriva...

Temblando, sacó la llave del bolso y caminó hasta la puerta del edificio. No estaba cerrada. Nunca lo estaba. La entrada olía a sopa de col agria, bastante menos desagradable que otros días.

Maldiciendo, Travis entró detrás de ella y la sujetó por un brazo. Su presencia, aunque amenazadora, también le resultó protectora.

—Eh —dijo una de sus vecinas que bajaba por la escalera. Iba a trabajar la calle con unas botas altas de tacón de aguja, minifalda y un sujetador debajo de una chaqueta de piel sintética—. Ojo con lo que haces en la habitación.

—Solo me está acompañando a casa.

—Que no te pille, o te echará.

Imogen no miró a Travis, pero su silencio era como un martilleo mientras metía la llave en la cerradura y entraban en su «hogar».

Era la habitación en la que dormía cuando no estaba trabajando, pero resultaba tan deprimente que prefería trabajar. Estaba tan limpia como le era posible, dado que el cepillo comunitario era más peligroso para la salud que el suelo sucio. No tenía muchos efectos personales, ya que había vendido todo lo que pudiera proporcionarle unos dólares.

Había una cacerola en la única silla. Solía tener un paquete de arroz y una caja de pasta, pero como una tonta se lo había dejado durante varios días en la cocina compartida. Había tenido suerte de no haber perdido también la cacerola. Cobraría al día siguiente, y esa era la razón por la que no había comido cuando se desmayó.

Se sentó en el borde de la cama, de muelles sonoros y fino colchón, y cambió la manta húmeda por una seca que tenía.

—¿Puedes irte para que no piensen que me lo estoy haciendo contigo aquí? No puedo permitir que me echen.

—Aquí es donde vives —dijo. Había una cesta maltrecha en la que se veía champú, un cepillo de dientes y un peine para sus viajes al baño, también compartido. Una toalla en una percha detrás de la puerta. Un despertador. Un calendario de propaganda en el que anotaba sus horas—. En la calle estarías mejor.

—He intentado dormir en la calle, pero resulta que llaman a tu ex y se presenta para hacerte sentir todavía peor.

Alguien aporreó la puerta.

—¡Ni drogas, ni líos! ¡Fuera!

—¿Quieres irte? —le rogó.

Travis abrió la puerta y miró al casero frunciendo el ceño.

—No se iba a quedar… —intentó decir, pero claro, estaba en la cama…

–Nos marchamos –dijo Travis, y chasqueó los dedos hacia ella.

–Vete, por favor…

–Me llevo esto.

Imogen se volvió y vio que tenía su bolso rojo.

–¡No, por favor! Ahora mismo no puedo enfrentarme a ti y lo sabes.

Estaba destrozada, a punto de derrumbarse y llorar hasta que se le secaran los ojos.

–Entonces, haberte quedado en el hospital. Te voy a llevar de vuelta allí.

Imogen le dio la espalda.

–Llévatelo. Ya no me importa.

Y era verdad. Solo quería cerrar los ojos y olvidar que existía.

Con una ristra de maldiciones, apartó de un tirón la manta con que se cubría y la levantó de la cama para transportarla en brazos. Tan tenso estaba que la piel parecía arder en contacto con sus músculos, pero estaba siendo delicado a pesar de la furia, a pesar de pasar prácticamente por encima del casero para poder bajar por las escaleras.

–¡Travis, para! Voy a perder todas mis cosas.

–¿Qué cosas? ¿Se puede saber qué demonios está pasando, Imogen?

Capítulo 3

EN LOS cinco minutos que habían estado arriba, un puñado de chacales habían empezado a rodear el coche. Su chófer estaba preparado para abrir la puerta de atrás y Travis la metió dentro rápidamente. ¿Qué le había empujado a bajarse?

Pues ver hasta dónde estaba dispuesta ella a llevar aquella farsa, sin imaginarse que acabaría llevándolo a la asquerosa ratonera que era donde dormía.

No podía comprenderlo.

La miró y vio que no quedaba energía en ella. Tenía los labios apretados, los ojos vidriosos y las manos fláccidas en el regazo.

No debía pesar ni cuarenta kilos, un peso enfermizo para una mujer que rayaba el metro setenta de estatura.

—No puedo permitirme pagar el hospital. ¿Puedes decirle a mi casero que estoy enferma y que no eres un cliente?

—No.

Cerró de un portazo y su chófer puso el coche en movimiento, deseoso de salir de allí cuanto antes.

—¿Tienes deudas de juego, o qué?

—Desde luego he apostado al caballo equivocado

–respondió, y sin levantar la cabeza, la giró hacia él para esbozar un atisbo de sonrisa–. ¿Sabes esa canción de que no se puede comprar el amor? Pues resulta que es cierto.

–¿Qué quieres decir?

–No importa –suspiró.

–Explícamelo. ¿Has tenido un amante que te ha robado todo el dinero? ¿Y qué tal sienta eso? –preguntó, ignorando el infierno que se desataba en tu interior al imaginarla con otros hombres.

Ella cerró los ojos. Parecía que tenía húmedas las pestañas.

–Te obsesionan mis muchos amantes, Travis. Puedes acusarme de lo que quieras, pero no de ser promiscua. Tú precisamente deberías saber que no me rindo fácilmente.

Estaban divorciados. ¿Qué más le daba que tuviera o no amantes?

Un recuerdo sexual le viajó por las venas, poniéndole el vello de punta y enviándole un latigazo de deseo al vientre.

No quería pensar en cómo imaginar a otros hombres disfrutando de su apasionada respuesta le ponía enfermo. Además, hacía tiempo que había decidido que recordaba mal lo suyo. En aquel entonces estaba teniendo una racha de grandes logros en lo personal, lo cual empapaba de optimismo y éxtasis sus encuentros físicos. Desde luego, esos encuentros no se merecían todo lo que le habían costado.

–Ya. Quieres un anillo y un generoso acuerdo prenupcial antes de acostarte con un hombre. ¿No has encontrado otro que se prestara a eso? Claro que solo tienes una virginidad con la que negociar, y el sexo sin esa golosina…

Necesitaba que creyera que su interés por ella había empezado a decaer. Seguía dándole vergüenza haber obrado con tanta urgencia y acabar casándose con ella precipitadamente, por impulso, aun sabiendo en el fondo que no iba a durar. Un fuego que ardía tan fuerte y tan rápido se agotaba igualmente deprisa. Un sexo obsesivo se había disuelto en su requerimiento del cumplimiento del acuerdo prenupcial y una demanda de divorcio.

—Vaya… eso sí que es un golpe bajo. Deberías estarme agradecido por darte la libertad que necesitabas para disfrutar de un sexo mucho mejor que el que yo podía darte.

Sus palabras le escocieron, seguramente porque no había sido capaz de encontrar otra mujer que le inspirase una necesidad ni parecida a la que ella le había provocado.

Se había pasado aquellos últimos años saliendo cómodamente con mujeres que no le inspiraban demasiados sentimientos, hasta que su asistente personal abrió de nuevo la puerta al torbellino cuando interrumpió su reunión el día anterior.

¿Cuánto tiempo había pasado? ¿Solo treinta y seis horas? Así era Imogen. Una bomba de hidrógeno que destrozaba una vida en segundos, cambiándolo todo a su alrededor sin un instante de consideración.

Recordó la receta médica y la sacó de su bolsa para entregársela al chófer pidiéndole que los llevara a casa antes de ir a buscarla la medicina.

Pero cuando llegaron a su edificio de Chelsea, el

portero estaba ocupado echando a los paparazzi de la entrada. Era algo habitual cuando una de las *celebrities* que vivían allí llegaba a casa. Además, había montones de gente comprando regalos de Navidad atestando las aceras.

—Llévanos por el sótano —dijo Travis, que empezaba también a estar cansado. Apenas había dormido unas cuantas horas, ya que quería estar en el hospital con una urgencia que le resultaba… inquietante.

—¿No quieres que te fotografíen con una fugada del ala psiquiátrica? Qué gracia. No te das cuenta de que no solo tengo el aspecto de un sin techo, sino que lo soy. Mi casero sacará mis cosas al pasillo y ya tendrá alquilada mi habitación, gracias a ti.

—Veo que aún te queda un poco de veneno.

—Es todo lo que me queda, literalmente. ¿Por qué me has traído aquí? Porque estoy segura de que no pretendes invitarme a vivir contigo, y también estoy segura de que yo no lo aceptaría si llegaras a proponérmelo.

No sabía lo que estaba haciendo, pero no había sido capaz de dejarla en aquel basurero infecto, y si la llevaba de vuelta al hospital, pediría el alta voluntaria. Llevarla a su ático era la única solución.

—Ahora te vas a echar esa siesta que tantas ganas tienes de dormir, y yo mientras pensaré qué voy a hacer contigo cuando te despiertes.

Hubiera querido darle alguna respuesta hiriente, pero se sintió totalmente incapaz. De hecho, ni siquiera pudo abrir la puerta del coche. Fue el conductor quien lo hizo. Luego Travis la rodeó con un brazo para sostenerla y entrar en el ascensor, donde puso su huella dactilar para que los llevara a la última planta.

Imogen no pudo evitar apoyarse en él. La sensación era maravillosa y, por un instante, experimentó una chispa de esperanza. A lo mejor no la odiaba. Igual aquella era la ocasión de hacer las paces. No podía cambiar el pasado, pero el futuro era una pizarra en blanco.

Entonces, se vio en el espejo del ascensor y la esperanza murió. Tiempo atrás, casi era su igual, ya que su familia tenía dinero y ella era producto, no un ejemplo brillante, pero sí un producto, de una crianza entre la élite.

Desde entonces, él había subido meteóricamente: de arquitecto acomodado que trabajaba en la construcción a tiburón de una corporación internacional que tomaba parte en los proyectos más prestigiosos del mundo entero, completamente fuera del alcance de la hija descarriada de un editor de periódicos y mucho, mucho más lejos aún de una cerillera... que era a lo único que iba a poder aspirar en cuanto robase algunas cerillas.

Había pensado que morir en la calle era tocar fondo. Después, ver que Travis comprobaba de primera mano cómo vivía le había parecido que era tocar fondo. Pero lo que estaba pasando en aquel momento sí que era de verdad tocar fondo: estar subiendo en un ascensor a lo que habría podido ser su vida de haber jugado bien sus cartas era más que desmoralizador. Era devastador.

Las puertas se abrieron a un recibidor de mármol

y caoba. Una escalera de peldaños flotantes se abría a la derecha, y una mesita descansaba junto a la pared contraria. Un cuadro impresionista de Central Park colgaba sobre ella.

Desde más adentro llegó una vocecita que gritó entusiasmada:

—¡Papá!

Unos pasitos se acercaron a ellos e Imogen sintió que se desintegraba, que cada partícula de su ser se consumía en la más absoluta desesperación.

Qué idiota había sido. Aquello sí que era tocar fondo.

Travis contuvo un exabrupto cuando Imogen se separó de él con una mirada tan cargada de traición y de dolor que le cortó el corazón como lo habría hecho un escalpelo.

Antonietta, su sobrina, se detuvo a unos pasos de distancia, pero rápidamente volvió a cobrar velocidad, con los brazos en alto y sonriendo de oreja a oreja.

—¡Zio!

Tomó en brazos a aquel torbellino de tres añitos que con toda parsimonia le dio un beso en la cara.

—¡Muuaac!

Gwyn, su hermanastra, apareció con Enrico, dormido sobre su hombro, y se quedó desconcertada al ver que Travis traía a una mujer con él, y una mujer que no se parecía para nada a las demás, pero ella no era quien para juzgar a nadie así que se recuperó de inmediato.

–Hola –sonrió.

–Me había olvidado por completo de qué día es hoy –dijo Travis.

–No importa. Soy Gwyn –saludó a Imogen, ofreciéndole la mano.

–Eres la hermana de Travis –dijo, reconociéndola–. Encantada de conocerte. Soy Imogen.

–Llegáis en buen momento. Acabo de hacer café –dijo, dirigiéndose a Travis–. Déjame que acueste a Enrico. Enseguida vuelvo.

Travis la condujo al salón. Estaba decorado con gusto para la estación, con guirnaldas en las ventanas, luces titilando en las macetas de la terraza y un árbol que parecía y olía como si fuera de verdad. Los regalos que había debajo habían sido envueltos por profesionales, pero con el papel de dibujos que les gustaba a los niños.

–Mamá me ha dicho que tengo que preguntarte si esos regalos son para mí –preguntó la niña, sin soltarse del cuello de Travis.

–Tuyos y de Enrico, sí.

–¿Puedo abrirlos, *per favore,* Zio?

–Todavía no.

La niña compuso una mueca de desilusión.

¿Italiano? Imogen se sentó en el sofá para no desmayarse.

Mientras estuvieron casados, no mencionó ni una sola vez que tuviera una hermanastra, de modo que había sido toda una sorpresa ver su nombre asociado con un escándalo con el que se la había relacionado y que tenía que ver con un banco y unas fotos en las que aparecía desnuda.

Aunque tampoco ella le había dicho a su padre que tenía algo especial con un hombre. Para entonces, la empresa de su padre ya iba mal, pero no había querido explotar a Travis. Pero su decisión de no decirle nada emanaba de que temía su reacción. Habría dado su aprobación a Travis, por supuesto, pero de ningún modo quería que conociera a su padre. Entonces, cuando su matrimonio se vino abajo… bueno, ¿quién necesitaba el desprecio añadido al dolor? Todo había resultado tan humillante que había preferido mantenerlo en secreto, como él lo de su familia.

–Nunca me habías hablando de tu hermana –comentó.

–La madre de Gwyn se casó con mi padre cuando yo estaba en la universidad, pero falleció pronto. Gwyn y yo no crecimos juntos.

Ahora parecían estar unidos, como si le diera acceso a su piso aun no estando él. A diferencia de su comportamiento con ella, siempre controlándola y preocupado porque las pocas cosas que había llevado consigo no encajaban con la decoración. Ahora sabía que era una cuestión territorial. No la quería allí. Pensarlo aún le cerraba la garganta.

–Ella es Antonietta –se la presentó, llevándola aún en los brazos–. La llamamos Toni.

La niña acercó los labios a su oído y le susurró algo.

–Toni Baloney.

Toni dejó escapar una risilla.

–Imogen. Mi hermana me llamaba Imogen La maga.

–¡Me encanta ese nombre!

No solo tenía familia, sino que además era divertida y encantadora. ¿Por qué se lo habría ocultado?

–Ven a comerte la manzana y el queso, *topolina* –dijo Gwyn al volver, señalando la mesa de cristal en la que le esperaba.

Travis dejó a la niña en el suelo y la pequeña corrió a encaramarse a una silla tapizada en terciopelo.

A Imogen no le habían dejado sentarse a la mesa de los mayores hasta que tuvo doce años.

–Hemos ocupado las dos habitaciones de invitados, pero los niños pueden dormir con nosotros si es necesario –ofreció Gwyn.

Estaba claro que Gwyn se moría por saber, pero era demasiado educada para preguntar. O sabía que Travis hablaría cuando estuviera listo y no antes.

–¿Hay un acuario por aquí? –preguntó Imogen a Tony–, porque tengo la sensación de que alguien quiere pescar.

Gwyn tuvo que rascarse la nariz para ocultar la risa.

Toni ladeó la cabeza.

–Podemos hacer como si hubiera peces en la piscina.

–El agua está demasiado fría, *topolina* –contestó Gwyn–. Cuando papá vuelva y Enrico esté despierto, a lo mejor podemos bajar a la cubierta que hay abajo. Pero antes tú y yo tenemos que echarnos una siesta. En cuanto te acabes la merienda.

–¿Imogen también?

Imogen se miró el pijama que llevaba puesto. Seguro que era lo que había suscitado la pregunta de la niña.

–Yo también, pero sola.

Travis miró a Gwyn.

–¿Podrías dejarle algo a Imogen que pueda ponerse cuando se despierte?

–Claro. Ahora mismo.

Gwyn subió a la niña a la habitación y Travis se acabó su café. Ojalá fuera algo más fuerte. Debería mirar el reloj. Llevaba sin hacerle ni caso desde que salió de la reunión el día anterior. Encontrar a Gwyn en casa le había recordado que tenía una vida más allá de Imogen: un viaje a Charleston dentro de unos días para celebrar el cumpleaños de su padre y la celebración familiar de Navidad.

Pero no podía pensar en nada que no fuera en la mujer que de tal manera había consumido su pensamiento desde que la conoció. Había entrado en sus oficinas recién estrenadas de Nueva York hacía ya cuatro años. Se presentó como redactora en una de las publicaciones más importantes de Nueva York y le hizo una entrevista. Su cabello castaño rojizo caía en suaves ondas cuando ladeaba la cabeza escuchándolo, de un modo que le hacía sentir como si midiera tres metros.

–Sigamos hablando mientras cenamos –dijo después de una hora en la que su fascinación no había dejado de crecer. Tenía unas piernas delgadas que lucía con una minifalda negra, y en ellas apoyaba la libreta en la que no había dejado de tomar notas. Sus pechos parecían del tamaño perfecto para sus manos. Todo en ella parecía encajar a la perfección. Y así había resultado ser. La cena había terminado con una invitación a su antiguo piso, que fue donde ella le confesó que era virgen.

—¿Virgen a los veinte? —se sorprendió—. ¿Cómo es posible?

—Seguramente porque no sé lo que me pierdo —respondió, echándose a reír.

Su ingenio, su sinceridad sin barnices lo convencieron de que era exactamente lo que parecía: una estudiante de periodismo que venía de buena familia, con una mente brillante y un ingenio descarado que podría mantenerlo en vilo. No había absolutamente nada en el paquete que no le gustara.

El paquete era la mentira, claro. Llevaba una etiqueta confundida. No se advertía de los ingredientes.

Imogen se terminó su café y lo dejó sobre la mesa. Eso le devolvió al presente.

—No me quieres aquí. Me voy.

Miró a su alrededor con el ceño fruncido. Debía estar buscando su bolsa. La había colgado junto a su gabardina en la entrada.

—¿Dónde?

—Hablaré con mi casero para…

—No —la cortó.

Ella se volvió a mirarlo enfadada.

—¿Qué quieres de mí, Travis?

—Empecemos por una explicación. ¿Dónde ha ido a parar todo mi dinero? ¿Y el tuyo?

No es que fuera rica, pero habría podido comprarse un pijama.

Quería ver si le decía la verdad o si volvía a mentirle. Era posible que ni siquiera notase ya la diferencia.

–Intenté salvar la empresa de mi padre.

–La empresa de publicidad.

–Periódicos y revistas –puntualizó.

–El caballo equivocado –dijo él, recordando lo que había dicho en el coche.

–Más bien, el caballo muerto. Pero lo espoleé como no te imaginas. Con tu dinero y mi fideicomiso. Mi padre vendió la casa y liquidó todo lo que no estaba ya invertido en el negocio. Metimos hasta el último céntimo. Luego enfermó, y ahí se me fue otro buen montón de dinero. Mi nombre aparecía en todas partes, pero no podía declararme en bancarrota mientras él viviera. Habría sido demasiado humillante. Fingimos que todo iba bien mientras yo vendía muebles, ropa y joyas de mi madre para llegar a fin de mes. Su incineración fue la gota que colmó el vaso. Me retrasé en el pago del alquiler y me echaron. No había tenido tiempo de mantener las amistades, y debía dinero a los pocos amigos que me quedaban. Quería empezar algo por mí misma, así que busqué un sitio que pudiera pagar y eso es lo que estoy haciendo.

–¿Ese burdel infestado de cucarachas es tu idea de empezar de nuevo? ¿Por qué no acudiste a mí?

–Qué gracia tiene eso. ¿Qué me habrías dicho?

Pues todo lo que le estaba diciendo en aquel momento, pero no habría permitido que se desmayara en la calle por haber descuidado su salud.

–Te casaste conmigo para poder tener acceso a tu fideicomiso, ¿verdad?

Nunca lo había admitido, pero él estaba convencido de que era así.

Dudó un instante, pero al final asintió con la mirada baja. ¿Sería culpa, u otra cosa?

—Necesitaba acceder a él para ayudar a mi padre —movió la cabeza en un gesto de desprecio hacia sí misma—. No es que sea una gran economista, desde luego, pero aprendí sobre edición digital en la universidad. A mi padre le parecía inútil. Intenté convencerlo, pero ya sabes: perro viejo... habría sido poco y demasiado tarde, si es que hubiera llegado a comprarme la idea.

—Así que estás en la ruina.

—Estoy en un agujero tan hondo que veo todas las estrellas.

—¿Me estás diciendo la verdad? Porque si se trata de alguna adicción o algo así, dímelo y te buscaré ayuda.

—Ojalá lo fuera. Al menos el dolor me proporcionaría alivio. O escape.

—Dios... —murmuró, repiqueteando con los dedos en el brazo del sillón—. Me gustaría poder confiar en ti.

—¿Qué más da si confías en mí o no? Gracias por lo del hospital. Intentaré devolverte el dinero más adelante, cuando pueda permitirme comprar un billete de lotería o gane la primitiva. Pero nuestras vidas no van a volver a cruzarse a partir de hoy, así que...

—Eso estaría bien si fuera cierto, pero acabo de hacer frente a las facturas del hospital por ti. ¿Y qué hago ahora? ¿Te echo a la calle? ¿En plena noche de invierno? Tengo conciencia, ¿sabes?

—¿Quieres decir que yo no?

—Lo que hiciste fue sumamente calculador.

–Tú fuiste quién fijó los términos del prenupcial. Fue todo cosa tuya –le recordó–. Yo me limité a firmar.

–Y a llevarte el dinero después de tres semanas de matrimonio.

–Ah, claro. Debería haberte entregado mi virginidad por el privilegio de poder decir que había sido la chica de Travis Sanders durante un día.

Fingió que el escudo estaba en su sitio cuando, en realidad, estaba deseando que la contradijera. Había sido él quien la había pedido en matrimonio y quien le había hecho creer que sentía algo.

Un músculo le tembló en el mentón.

–Me sorprende que no hayas vendido nuestra historia, si tan necesitada estabas de dinero.

Imogen apretó los labios, pero él leyó enseguida su expresión.

–Llegaste a considerarlo, ¿no? No puedo creer que llegase a creerme que teníamos posibilidades.

–¿No me digas? ¿En serio? ¿Y qué tal si te bajas del pedestal un segundo y eres sincero sobre tus motivos? ¿Qué te empujó a casarte conmigo?

–Ya lo sabes. No querías acostarte conmigo a menos que te pusiera la alianza en el dedo.

–Y como tú estabas como loco por poseerme, decidiste hacer lo que fuera por comprar mi virginidad, así que aceptaste la farsa –se conocieron una semana antes de casarse–. ¿Y luego, qué? ¿Me llevaste a casa para que conociera a esta familia tuya, lleno de orgullo de tu nueva novia? Ni siquiera me dijiste que tenías una hermana. ¿Tiene ella idea de quién soy? ¿Y tu padre?

Su expresión pétrea le contestó que no.

—En ningún momento pensaste que teníamos posibilidades —sentenció, y aquellas palabras se le clavaron por dentro como alambre de espino—. De hecho, te avergonzaba haber sucumbido a casarte conmigo. Cada vez que yo te decía que saliéramos, tú me contestabas que nos quedáramos. La única vez que nos encontramos con unos conocidos tuyos, ni siquiera me presentaste. No es que no dijeras que era tu mujer, es que ni siquiera reconociste mi presencia.

Él apartó la mirada y no le ofreció ninguna explicación.

—No me permitiste que cambiase mi estatus en los perfiles online con la excusa de que me querías solo para ti. Luego te ibas a trabajar todos los días, me dejabas sola en el piso y me decías que no tocase nada.

—Tú decías que escribías para tu padre, pero nunca llegué a ver ninguno de esos artículos.

Las mejillas se le encendieron, pero no iba a empezar a hablarle de la falta de amor de su padre. Los malos tragos, uno a uno.

—Estabas planeando el divorcio antes incluso de decir «sí, quiero». Por eso preparaste el prenupcial. Lo único que te preocupaba era controlar los daños a tu reputación, mantenerlos al mínimo. No invertiste absolutamente nada en nuestra relación excepto lo que yo me llevé al marcharme, que desde luego no fue tu corazón. Nuestro matrimonio fue una transacción por tu parte, igual que lo fue por la mía. Arañé tu ego dejándote antes de que tú me pidieras que me marchase, no tus sentimientos. Dime que me equivoco.

«Por favor…» sin palabras le rogó que su versión de su breve matrimonio fuese algo más dulce.

—Está bien —masculló—. Tienes razón. Sabía que era un error aun antes de pronunciar esas palabras.

Su afirmación se le clavó en la carne. Tragó saliva y deseó haber muerto en la calle para no tener que enfrentarse a aquello.

—Muchas gracias por haberlo mantenido en secreto —espetó—. Para mí, no eres más que uno de los miles de errores que he cometido.

—Nunca has sabido cuando debes dejar estar las cosas, ¿verdad? Bueno, excepto el día que te marchaste, claro.

—Eso lo provocaste tú, te recuerdo.

—Un marido puede preguntarle a su esposa por qué ha excedido el límite de su tarjeta de crédito cuando no hace ni un mes que la tiene.

—Tus palabras exactas fueron «me importa una mierda dónde haya ido a parar el dinero». No querías saber de mi vida como tampoco querías compartir conmigo detalles de la tuya. Dejé de engañarme en aquel momento. Te estabas arrepintiendo, y te hice un favor marchándome.

—Es una forma de verlo.

—Igual que sigo haciéndote ahora un favor queriendo irme, pero tú te empeñas en que me quede. ¿Por qué?

—Porque estás en deuda conmigo, Imogen —le dijo, agarrándose a los brazos de su silla como si necesitara contenerse.

—Estoy en deuda con mucha gente. Ponte a la cola.

El ruido del ascensor hizo que los dos siguieran clavándose la mirada, pero en silencio.

Un hombre trajeado e increíblemente guapo apareció, y su serenidad no se vio afectada por la imagen de una huérfana vestida con un pijama de hospital sentada en el sofá de diseño de Travis.

—Debes ser Imogen —dijo con un encantador acento italiano acercándose con la mano extendida—. No, no te levantes. Vittorio Donatelli. Vito, *per favore*.

—¿Gwyn te ha escrito? —quiso saber Travis.

—Y los fotógrafos de abajo me han informado de que Imogen es tu esposa. *Congratulazioni* —añadió sonriendo—. Me han pedido que hiciera algún comentario, y yo les he dicho que me alegro mucho por ti.

—¿Estás de broma?

Cerró los ojos e Imogen supo que le salía vapor por las orejas.

—Yo no he dicho una palabra —adujo ella.

—No ha sido necesario, ¿verdad?

—¡Tenía el pasaporte caducado! La tarjeta de estudiante hace tiempo que no la tengo. A veces necesitas algo más que un documento que acredite tu identidad. ¿Por qué iba a importarle a nadie con quién estuve casada? Yo no soy nadie, y tú solo eres un empresario más en una ciudad de…

No terminó la frase al ver la mirada que intercambiaron los dos.

«Gwyn», recordó. Su hermana salía constantemente en los medios.

—No es culpa suya —dijo Travis.

–Se lo diré, pero ya sabes cómo es.

Vito se llevó una mano a la nuca y se excusó para subir.

–Esa es una de las razones por las que nunca le he contado a nadie que tú y yo estuvimos casados –dijo Imogen–. En una ocasión, vi lo que los trols le estaban haciendo, y no solo no quería tomar parte en eso, sino que yo ya tenía bastante gente detrás de mí. Que la asociaran conmigo le pondría las cosas aún más difíciles.

–¿De verdad quieres hacerme creer que estabas pensando en ella?

Y en él, pero ¿qué sentido tenía intentar convencerlo?

–Puedes creerme o no. Tú eliges.

Todo aquello estaba siendo más doloroso aún que ser una persona anónima viviendo en un edificio lleno de despojos de la sociedad.

–Es culpa tuya que lo de nuestro matrimonio haya salido a la luz. Alguien debió verte llevándote a tu esposa al Celebrity Central, con tu traje a medida y tu teléfono chapado en oro. Deberías haberme dejado donde estaba, y nada de todo esto habría pasado. Tú has hecho que pareciera alguien importante.

–Olvidémonos de asignar culpas e intentemos mitigar los daños. Ahora sí que estás en deuda conmigo –tomó el teléfono y comenzó a dar golpecitos con su costado en el brazo de la silla–. Esto va a aparecer en todos los sitios de cotilleo. Puede que incluso en las páginas económicas y en los canales de noticias. Supongo que encontrarán la fecha de nuestra boda y el acuerdo de divorcio.

Por mucho que había intentado racionalizar la compensación económica, siempre se había sentido avergonzada por pedírsela.

Desde entonces, había soñado con devolvérsela, aunque fuera solo por suavizar la mala opinión que tenía de ella, pero sabía desde siempre que esa aspiración era una causa perdida.

—Mi padre no tardará en llamarme queriendo saber si lo de mi matrimonio es cierto.

—¿Qué quieres que haga?

—Te diré lo que quiero que hagas. No vuelvas a humillarme.

¿Era eso lo que había hecho? Porque cuando había pretendido explicarle lo de los negocios de su padre y lo dolorosa que era su relación con él, era ella la que se había sentido humillada al ver que le importaba un comino que tuviera razones y responsabilidades, y que hubiera sufrido. Él ya había decidido que era una derrochadora sin escrúpulos mucho antes de que hubiera vuelto del despacho de su padre aquel día.

—Esto es lo que vas a hacer —dijo con una voz tan dura que no habría podido arañarla—. Vas a decir que nuestro matrimonio fue un acto impulsivo de juventud y que nos separamos cuando nos dimos cuenta del error que habíamos cometido. Cuando tu padre falleció, comenzaste a hacer obras de caridad, y que por eso estabas en los barrios bajos cuando necesitaste asistencia médica. Haré algunas donaciones para respaldarlo. Luego le vamos a mostrar al mundo que nos separamos por diferencias irreconciliables, pero que tuve buen gusto e inteligencia cuando me casé. Vas a quedarte conmigo, a fingir que nos estamos reconciliando y a comportarte como la clase de esposa que deberías haber sido.

«Niña mala. No te he dicho que pudieras salir de tu habitación. Sube y quédate allí».

Tragó saliva.

—¿Eso es lo que voy a hacer?

—A menos que estés dispuesta a ganarte la vida como esa vecina tuya.

—No estás viendo la ironía de presentarme ahora a tus amigos y familia, cuando en realidad no estoy casada contigo, y cuando antes te daba vergüenza decir que era tu esposa.

—Es irritante —respondió, cruzando las piernas—, pero el gato ya está fuera del saco y vamos a darle de comer, a cepillarlo, a ponerle un bonito collar y a impedir que nos arañe los muebles.

—Y de algún modo, esto satisface la deuda que tengo contigo.

—Impide que vaya a más.

Ya.

Los muros se cerraban a su alrededor un poco más. Llevaban meses haciéndolo. Años. No tenía alternativa. Estaba atrapada.

—No tienes dónde ir. ¿Cómo crees que quedaría si te pusiera de patitas en la calle? No. Ahora vamos a redescubrirnos. En Navidad. ¿No te parece romántico? —se burló—. La prensa se lo tomará de maravilla.

«Compórtate, Imogen, o te quedarás en tu habitación».

—¿Cuánto durará?

–Hasta que la atención haya disminuido lo suficiente como para que podamos separarnos sin que
nadie se dé cuenta.

–Pero seguiré debiéndote las facturas del hospital.
Es una pena que no vayas a tener sexo conmigo
–continuó, quitándose una mota inexistente del pantalón del pijama–. Así podría pagarte exactamente
del mismo modo que mi vecina.

–Yo no he dicho que no vaya a acostarme contigo.
He dicho que vas a tener que esforzarte en que me
resulte interesante.

Por un instante, oyó un zumbido en los oídos y el
rostro se le acaloró. Quiso pensar que era rabia, pero
se trataba de vergüenza. De inseguridad. Daba igual
lo que hiciera o cuánto se esforzara, que nunca bas-
taba. Era un ascua ardiente de humillación que le
ardía en el vientre perforándolo día tras días.

–Bueno… solo he tenido un amante y él me en-
señó todo lo que sé, así que ya sabes a quién culpar.
Pero después de lo que acabas de decir, preferiría
venderlo en la calle a desconocidos que volver a
acostarme contigo.

Se levantó y él hizo lo mismo. Daba la impresión
de que estaba decidido a sujetarla si pretendía salir,
pero no era eso lo que quería hacer. Tal y como él
había puntualizado, no tenía dónde ir.

Capítulo 4

EL TELÉFONO sonó. Lo tenía apretado en la mano y no se había dado cuenta. Era su padre. Los rumores ya le habían llegado a través de un amigo que había visto algo en internet. Travis prometió explicárselo cuando estuvieran en Charleston. Ya no había modo de escapar.

La realidad de tener que fingir que estaba enamorado de su ex comenzó a darle en la cara. Mejor tener que enfrentarse a ello teniéndola controlada que dejar que cayera en desgracia, quizás arrastrándolo también a él.

El ascensor sonó. Era el chófer, que traía su medicación. Gwyn bajó justo en aquel momento y lo siguió a la cocina.

—No debería haberme tomado el café —comentó—. Vito está dormido como un tronco, pero yo estoy más que despierta, así que voy a ir preparando la cena. He dejado un vestido para Imogen en tu habitación. ¿Sigue aquí?

—Está en el baño —contestó. Se oía correr el agua. Buscó la receta y sacó un par de pastillas para que se tomara al salir.

—¿Se queda a cenar?

—Sí.

—¿Has hablado con Henry?

Gwyn empezó a sacar verduras del frigorífico.

—Sí.

Hizo una pausa y lo miró exasperada.

—Estabas tan enfadado conmigo por no haberte hablado de todo lo que ha ocurrido en el banco... Sabes que si lo necesitas, estaré encantada de ayudar, ¿verdad?

—Te agradezco que te ocupes de la cena.

Gwyn hizo una mueca de hastío y siguió moviéndose por la cocina con familiaridad.

Aquella era una de las razones por las que siempre los invitaba a quedarse en su casa: le preparaba la única comida casera que tomaba en meses.

Imogen era buena cocinera. Esa era la razón de que siempre prefiriera quedarse en casa. Eso y que ¿quién quería volver a vestirse después del sexo?

Gwyn comenzó a pochar ajo, perejil y orégano

—Podemos quedarnos un día más y la llevo de compras, si quieres.

Cuando su padre las llevó a vivir con él, no se fiaba, pero no tardó en darse cuenta que detrás del impactante exterior de Gwyn se ocultaba un corazón de oro puro. Su deseo de tener una familia era tan hondo, y su determinación por unirlos tan firme, que había conseguido que también él formase lazos con su marido y sus hijos. Le tenía un cariño enorme.

Por eso no quería que resultara herida.

—No te acerques demasiado. Es solo control de daños, y no va a durar.

Su expresión alegre cambió.

—Pero es que yo quiero esto para ti.

–No estoy hecho para tener esposa y niños.

–Eso decía Vito hace cuatro años. Nosotros también empezamos como control de daños.

–Vito no sabía con quién se jugaba los cuartos. Imogen no es tan adorable como tú.

Gwyn sonrió ante el cumplido, pero su sonrisa se desmoronó al mirar más allá.

Travis se volvió y vio a Imogen saliendo del baño. Había oído sus palabras.

«No voy a poder hacerlo», se dijo mientras se ponía el vestido de punto que le había dejado Gwyn. Le quedaba como un saco.

No era porque pareciera desaliñada, sino porque era una prueba simbólica de que no encajaba en el mundo de Travis.

Se había pasado la vida intentando encajar. Intrusa en su propia familia, amigos equivocados, los estudios elegidos por su padre y un marido que se avergonzaba de su matrimonio. No podía bajar a cenar con aquella familia y fingir que era una buena esposa. O tan solo una esposa con corazón.

Estaba tan descorazonada por todo aquello que se bajó el vestido de los hombros y la prenda cayó al suelo. A continuación, se metió en la cama. Era la cama de Travis. Le daba igual lo que pensara. ¿Qué iba a hacer? ¿Considerarlo un intento aburrido y vulgar de seducirlo y reprenderla por ello?

Haciéndose una bola, se tapó hasta debajo de la barbilla, contuvo las lágrimas e intentó pensar. Tenía que encontrar el modo de recuperarse. De volver a ponerse en pie. Pero todo le parecía tan cuesta arriba…

Sinceramente no se consideraba una mala persona. Solo alguien que había cometido los errores más tontos del mundo por puro optimismo. No era ese una clase de defecto por el que acabar en la cuneta así. Le parecía injusto.

No tendría que ser tan difícil…

…colarse en la habitación de Julianna.

Tenía tanta hambre. El estómago le rugía como un monstruo, pero papá había cerrado con llave la puerta de su dormitorio, gritándole y diciéndole que, por una vez, hiciera lo que se le decía. Pero ella quería salir. Quería pedirle a Julianna que le llevara un poco de pan. O que la peinase. Eso siempre hacía que se sintiera mejor. Estaba tan triste. Tan sola. Lo único que había hecho era subir las escaleras corriendo, y aunque sabía que no debía correr dentro de casa, él le había dicho que se diera prisa y es que se había olvidado la diadema. A él no le gustaba que tuviese el pelo en la cara. Decía que le hacía parecer un perro perdido.

Mamá estaba diciendo cosas en el piso de abajo, y él gritaba todavía más. La voz de mamá sonaba suave, como si estuviera llorando, pero la de papá se colaba por el suelo como un trueno.

–¡Te lo dije! –oyó gritar–. ¡No deberías haberla tenido!

Él no la quería y ella no sabía por qué. Las lágrimas que había estado conteniendo empezaron a colarse entre las pestañas, y no pudo evitarlo. Hundió la cara en la almohada para que no la oyera llorar. Si llegaba a la puerta y la pillaba llorando, tendría que quedarse más tiempo encerrada. Solo podría salir si era buena.

«Por favor, Julianna. Ven.»

Como si fuera un milagro, el colchón se movió y un suave «sh» sonó junto a su oído al tiempo que unos brazos cálidos la envolvían. Pero aquellos no eran los brazos delgados y suaves de su hermana. Eran duros y musculosos, y la rodearon de un modo que logró que se sintiera aún más segura.

—Travis —susurró.

Por un momento creyó estarse despertando de un mal sueño y se derritió junto a él, tremendamente aliviada y deseosa de sentir su cuerpo. Olía maravillosamente bien y le estaba acariciando la espalda.

Pero se quedó inmóvil cuando ella bajó la mano por su abdomen.

—No —dijo, apartándola.

La realidad volvió como un yunque que cayera sobre un personaje de dibujos animados.

Con un gemido angustiado se dio la vuelta y de sus ojos brotaron más lágrimas, esta vez de frustración e ira. Estaba excitada y traumatizada al mismo tiempo por la traición de haberse despertado y darse cuenta de que era allí donde estaba la pesadilla.

Se incorporó y la cabeza le retumbó, y hubo de sujetársela con las dos manos para intentar aminorar la velocidad de su respiración y para prepararse y enfrentarse de nuevo a la realidad.

Era una mujer adulta, y no estaba casada sino divorciada, abandonada y era pobre.

–¿Todavía tienes esas pesadillas? –preguntó, rozando su hombro–. Estás temblando.

Se movió para evitar el contacto con su mano y con el extremo de la sábana se secó las lágrimas. Con el antebrazo se cubrió los pechos para levantarse y buscar sin luz la ropa del hospital.

–¿Adónde vas?

–Tengo hambre.

Era cierto, pero más aún necesitaba tiempo lejos de él para rehacerse. El acuerdo al que habían llegado iba a ser un horror.

Se vistió rápidamente y él la acompañó a la planta baja vestido solo con unos vaqueros, e Imogen tuvo que concentrarse para no quedarse mirando su torso.

La luz de encima de la placa estaba encendida, prestando una luz suave a la cocina. Mientras ella sacaba el yogur del frigorífico, él fue a por una caja de muesli a la despensa. Luego le preparó un vaso de agua y una pastilla. Se había tomado una antes de subir a cambiarse, pero se había quedado dormida y se había saltado la de la cena.

–¿Te apetece una tostada? Puedo calentar lo que ha quedado.

–Está bien así.

Le rozó la mejilla con el dorso de la mano y ella se apartó. Las emociones estaban a flor de piel y cualquier contacto le heriría el alma.

–Estoy viendo si tienes fiebre.

–Estoy bien.

–Supongo que sigues sin querer decirme qué es lo que sueñas.

–Es algo que me inventé para ganarme tu compasión. No caigas en la trampa.

Maldiciendo se acercó a la ventana. Desde allí se veía la piscina bajo un manto de nieve.

–¿Alguna vez has hablado de ellas con alguien?

–¿Por qué?

–Para que puedan cesar.

–Dormiré aquí abajo, así que no voy a despertarte.

–Esa no es la cuestión –se volvió–. Cuando sueñas, se te ve sufrir. Te despiertas con el corazón acelerado. No es agradable.

–Es un recuerdo.

–¿Recuerdas un monstruo? –preguntó con cuidado.

–Nadie me agredió, no tengas miedo –inclinó el cuenco para apurar el yogur–. Es el recuerdo de un día aciago de cuando era pequeña –de un hombre, en realidad–. Pero, a veces, si no me despierto enseguida, Julianna viene a visitarme, así que vale la pena dejar que ocurra.

–¿Julianna es tu hermana? ¿La que falleció?

–Sí.

–¿Por qué no me lo habías contado antes?

–Porque no quise –rebañó la última cucharada–. Me gustaba cuando sentías lástima de mí y me acurrucabas. Me sentía bien. Y tenía miedo de que fueras a pedirle explicaciones a mi padre si te lo contaba.

–¿Por qué?

Se metió la píldora en la boca y bebió todo el vaso. Estaba sedienta. Llevó los platos al fregadero y se sirvió más agua y, desde allí, lo miró a través de los miles de kilómetros que los separaban.

¿Se atrevía a abrir el compartimento más oscuro

de su corazón y mostrarle el más horrendo esqueleto? Ya no tenía dignidad de la que preocuparse, y su padre no estaba allí para empeorarlo todo.

—No olvides que tenía veinte años cuando nos casamos. Desde entonces, he madurado mucho. He tenido cuatro años para darme cuenta de que no había hombre sobre la tierra al que pudiera importarle menos, pero entonces aún confiaba en tener una oportunidad con él. No estaba preparada para cortar el cordón que nos unía.

—¿Qué clase de oportunidad?

—La de que me quisiera.

Tomó un sorbo para despejar el atasco que se le empezaba a formar en la garganta. Nunca lo había dicho en voz alta, aunque siempre lo había sabido.

—Imogen… —su tono era el que se usa para dirigirse a una muchacha atolondrada—, muchas adolescentes se enamoran de su padre.

—Él me odiaba, Travis. Me odiaba.

—¿Por qué?

—Pregúntaselo a él. En una ocasión le pregunté si mi madre había tenido una aventura. Creí que quizás yo fuera hija de ese otro hombre y por eso no podía aceptarme. Me contestó que no, que simplemente no me quería.

—¿Te dijo eso? ¿Con esas mismas palabras? ¿A la cara?

—Sí. El matrimonio de mis padres era una fusión empresarial y solo accedió a que tuvieran a Julianna porque necesitaba un heredero. Mi madre quería que Julianna tuviese hermanos y quería tener otro hijo, pero él dijo que no. Aun así, dejó de tomarse la píldora y se quedó embarazada. Creía que cambiaría de opinión cuando naciera, pero eso no ocurrió. Creo que me odiaba tan abiertamente para castigarla a ella por obrar en contra de su voluntad.

–¿Y para rescatar a ese padre te gastaste todo mi dinero?

–Tienes derecho a sentirte ultrajado. Estoy segura de que mi madre se revuelve en su tumba.

–¿Pero por qué…?

–¿Por qué me empeñé en conseguir que mi padre me quisiera? Porque era su hija y debería haberme querido. Así es como debería ser, ¿no? Pero en su caso no lo fue. ¿Por qué? Pues no lo sé. ¿Por qué no me quisiste tú? ¿Porque soy mala? ¿Porque no merezco amor?

–Imogen…

Ella levantó una mano.

–No te sientas mal –dijo, refiriéndose a lo que había oído que le decía a Gwyn–. Puede que no merezca amor y, si es así, es culpa del ADN de mi padre. Él no sabía cómo ser mejor persona, y yo tampoco. Intenté ser como Julianna. Ella era buena y dulce, y él la quería. Todo el mundo la quería. Yo también. Y tú la habrías querido.

Buscó más comida en la nevera. Un resto de manzana y queso de Toni estaba en un plato tapado con un plástico. Lo sacó y fue a buscar pan.

–¿Era alcohólico o algo así?

–No. Solo un bastardo cruel y amargado. Me encerraba en mi habitación con llave y sin cenar para no verme. Si hablaba demasiado alto, o si me mojaba la ropa con la lluvia, o si sacaba mejor nota en algo que Julianna, me señalaba la escalera.

Puso la manzana y el queso sobre una rebanada de pan y tomó un bocado.

—Yo era más lista que ella. Mucho. Le costaba trabajo leer, y a veces le hacía yo los deberes. Creo que en parte por eso me tenía tanta manía. Le gustaba ser superior a todos los que estuvieran a su alrededor. Yo siempre andaba contando chistes, o pidiendo más información, pero si él no conocía la respuesta o yo acababa riéndome, creía que lo hacía para que pareciera estúpido.

—Deberías habérmelo contado antes.

—¿Por qué? ¿Qué habrías podido hacer? ¿Decirle que me quisiera? Supe cuando murió mi madre y mi hermana, que era una causa perdida. Simplemente no estaba preparada para admitirlo.

Aplastó el sándwich hasta reducirlo a una loncha, del mismo grosor que su corazón. Toda la vida había tenido una sensación de náusea en el pecho cuando intentaba averiguar por qué había sido tan desilusionante.

—¿Quieres saber lo que dijo aquel día, cuando la policía llegó a casa?

—Seguramente no.

—Ya estaba enfadado —recordó. No sabía cómo estaba teniendo el valor de concitar aquel recuerdo, pero su fantasma necesitaba un exorcismo—. Ya estaba enfadado —repitió—. Tenía que recogerme de mis clases de baile porque mamá no se había presentado. Se había salido de la carretera y Julianna y ella habían caído al río. La policía las encontró horas más tarde. Yo tenía que estar en mi habitación, por supuesto, pero cuando oí que llamaban a la puerta, me asomé y vi que eran ellos. Estaba en lo alto de la escalera cuando le explicaron lo ocurrido. Mi padre les dio las gracias y cerró la puerta. Cuando me vio, dijo: «la rata esta es la que tenía que haberse ahogado».

—¿Eso dijo?

—Esa fue su reacción. Yo ni siquiera podía empezar a procesar el hecho de haber perdido a mi madre y a mi hermana, y todo lo que dijo fue: «a tu habitación». Él se encerró en su estudio hasta el funeral.

Cuánto había necesitado a su hermana entonces, pero lo único con lo que contó fue con el abrazo de un ama de llaves que la ayudó a buscar algo que ponerse.

—Yo tenía once años, lo bastante joven para creer que si me esforzaba lo suficiente, cambiaría y aprendería a quererme, ya que yo era todo lo que le quedaba. Me esforzaba en el colegio, salía con todos aquellos críos mimados e insoportables de las familias que él admiraba. No encontré una sola persona con la que tuviera algo en común, pero lo intenté. Estudié Periodismo, cuando en realidad siempre he sido más de ficción. Los profesores decían que mi trabajo era un poco grandilocuente. Solo me dejaba escribir sobre cosas menores, y solo lo publicaba si no le quedaba más remedio. Tú pensaste que te había entrevistado como tapadera para convencerte de que nos casáramos, pero me di cuenta de lo prometedor que eras y mi artículo resultó bastante bueno, pero lo vetó en el último minuto. Intenté vendérselo a la competencia por ti, porque te haría buena prensa, y tuvimos una pelea monumental. Discutíamos mucho, y yo siempre acababa marchándome diciéndole cosas horribles, pero luego volvía arrastrándome.

Dicen que la definición de «locura» es hacer una y otra vez lo mismo esperando un resultado diferente. Pues esa era yo.

Quitó el borde del pan y se lo comió. No le gustaba, pero nunca desperdiciaba comida, y por eso se lo comía antes.

—Cuando nos casamos me sentía muy importante. Estuve a punto de dejarlo todo porque pensé que ya no lo necesitaba a él si te tenía a ti. Entonces me di cuenta de que en realidad no sentías nada por mí y que solo te habías casado conmigo porque era virgen, y pensé que lo mejor sería volver al diablo conocido. Al menos ya tenía algo que él podía querer. Podía salvar su empresa y ganarme al fin su respeto.

No podría decir si seguía respirando por lo quieto que estaba. Parecía una estatua de mármol. Así le era más fácil hablar e ir dejando pedazos del alma en el suelo. Estaba confesando sus pecados a una estatua, no a una persona real.

—Al final, me odió incluso más que tú, porque lo vi en sus horas más bajas. Me pasé un año entero cuidando de él, hasta que ya no pude seguir más. Físicamente, quiero decir. Pesaba demasiado para que yo sola pudiera meterlo en el baño. Tuve que llevarlo a una residencia, y también por eso me odió. No debería haber nacido. Esa era su frase favorita. No había salvado su empresa y lo abandonaba en manos de desconocidos, aunque me pasaba horas todos los días en la residencia, ocupándome de los caprichos que a su inexistente corazón se le antojara. No sé por qué era una persona tan retorcida y horrible. Yo también siento que fuera mi padre. Lo siento y me avergüenzo. Por eso no te lo había contado. ¿Quién quiere admitir que su propio padre nunca lo ha querido?

Necesitaba comer, pero no sabía si iba a ser capaz de tragar ni un solo bocado.

—Si me voy a la cama con hambre y compadeciéndome de mí misma, sueño que estoy encerrada en mi habitación. Si puede, Julianna se cuela para que me sienta mejor. Tú eres la única persona a la que he molestado porque eres la única persona con la que he dormido, pero no espero que te creas nada de lo que te acabo de contar. Soy una manzana podrida que no debería haber nacido.

Tomó un mordisco y se obligó a masticar.

Lloraba mientras dormía, y eso era real. Parecía una niña, y cuando se despertaba estaba tan agitada y confusa que era imposible que se tratase de una farsa.

—Deberías habérmelo contado la primera vez que ocurrió —le dijo, intentando encajar aquella nueva información en la visión que tenía de ella como mentirosa y manipuladora. Su padre también lo había torturado a él pero de otro modo, llevándolo a un estado de indefensión pasiva, pero nunca, jamás, le había hecho daño deliberadamente. Ni él ni su padre eran personas efusivas, pero no por ello cuestionaba el amor y el orgullo que sentía hacia él.

—¿Por qué? —preguntó ella—. ¿Qué habría cambiado si te lo hubiera contado?

No lo sabía. ¿Habría intentado mantenerla lejos

de ese hombre? Por lo menos habría sabido que no todo era de color de rosa.

Otra ocasión en que la sintió soñar fue un par de semanas más tarde, días antes de que se marchara definitivamente. Había visto a su padre y había vuelto a casa claramente enfadada.

Había dado por sentado que no querría hablar de ello y no le había preguntado nada.

«Tú no querías saber de mi vida, del mismo modo que no querías compartir detalles de la tuya».

Había preferido besarla y disfrutar del placer físico que se ofrecían el uno al otro. Las demás ocasiones en que había sentido que ella buscaba algo más, algún tipo de intimidad emocional, se había cerrado.

¿Por qué? Porque su madre había engañado a su padre y había acabado abandonándolo. Su divorcio había sido brutal, pero se negaba a admitir que cargaba con esas cicatrices de por vida.

–¿Lo ves? –murmuró, pegando las migas que quedaban en el plato a la yema de su dedo índice–. Contártelo solo ha servido para que los dos nos sintamos incómodos y no ha cambiado nada –aclaró el plato y lo metió en el lavavajillas–. No debería volver a ocurrir, pero dormiré aquí abajo por si acaso.

–Vuelve a la cama.

Ella se cruzó de brazos.

–No quiero dormir contigo.

¿No? Le gustaría poner a prueba esas palabras, pero se limitó a decir:

–Yo me quedo abajo.

–No quiero incomodarte.

Travis sonrió de medio lado.

Un latigazo de dolor laceró la expresión de Imogen intensamente. Duró solo unos milisegundos, pero para él fue como el golpe de un puño en el pecho que lo dejó sin aliento, casi sin visión, mientras ella se alejaba sin desearle siquiera buenas noches.

Desde luego, cualquier cosa menos buenas…

Después de dar vueltas y más vueltas, Imogen por fin se quedó dormida y solo se despertó al oír el agua de la ducha. Bajó a la cocina y se encontró con que su hermana y su familia se habían marchado.

–¿Toni ha abierto sus regalos? –preguntó cuando Travis bajó también.

–Me ha ahorrado tener que envolverlos, así que he dejado que se los llevase.

Entonces se enteró de que iban todos al sur a celebrar el cumpleaños de su padre y la Navidad.

–No puedes pedirme que participe en eso. No puedo permitirme comprar regalos.

No había celebrado nada desde que su hermana y su madre murieron.

–Es algo muy informal. Hasta que nacieron las niñas, ni siquiera intercambiábamos regalos. De hecho, los mayores no nos compramos nada. Gwyn hace galletas en el horno y prepara una cena especial.

Aun así sería raro y doloroso. Volvería a sentirse como una extraña.

Ojalá el médico le dijera que no podía tomar un avión en su estado, pero una hora más tarde el muy bocazas le miró el oído y declaró:

–Se está curando estupendamente.

Y que podía viajar siempre que siguiera tomándose el antibiótico.

Desde ese momento, Travis comenzó a tomar decisiones por ella y a volverse más impaciente por momentos.

–Deja de preguntar cuánto cuesta cada cosa –murmuró mientras tiraba de ella por la Quinta Avenida–. Necesitas ropa.

–Pero ropa normal, no…

No vaqueros de diseño por dos mil dólares, o un vestido de cóctel que parecía de la portada de Vogue. En aquel momento se estaba quitando el que le había prestado Gwyn para probarse otro de punto, pero que le sentada de maravilla a su esquelética figura.

Se empeñó en llevarla a otra tienda para comprar ropa de noche aún más elegante, y mientras atormentar a la dueña.

–No me importa si los colores escarchados están hechos de titanio o si se venden por noventa centavos. Son demasiado apagados para ella. Muéstrele algo vibrante en tonos joya.

Tenía ojo de artista y cabeza de empresario. La base de su fortuna era la construcción, erigida sobre el éxito de su padre en ese sentido, pero la vocación de Travis era la arquitectura. Había llegado a la estratosfera basándose en su capacidad de aportar contemporaneidad y funcionalidad a edificios de diseño clásico.

–Sí, así mejor.

Una dependienta pasó por delante de la malhumorada dueña y entró en el espacioso probador con un vestido azul zafiro.

–Lo siento –dijo Imogen en voz baja, disculpándose por el comportamiento de Travis.

–Un día de caprichos es siempre un caramelo, ¿verdad?

La ayudó a ponérselo.

¿Caprichos? Ya llevaba un conjunto de encaje que la última dependienta le había vendido ordenada por Travis. Aquello no eran caprichos, sino una declaración de riqueza y poder sobre ella.

–Zapatos –decidió la joven, y salió corriendo a buscarlos.

–¿No puedes decirle a tu padre que tengo la gripe y te vas tú a Charleston? –sugirió, asomando la cabeza fuera del probador. Él estaba sentado en un sillón, tomando champán y revisando el móvil–. Tú no quieres que lo conozca.

–Pero él quiere conocerte a ti.

–No sé qué esperas de mí. ¿Cuáles son las reglas? ¿Y cuál era el castigo si las rompía?

–La regla número uno es dejar de contradecirme absolutamente por todo. Déjame ver cómo te queda.

–Me está largo. Ha ido a por unos zapatos.

–Sal de ahí.

En todos sus años de ir detrás de su padre a galas y ceremonias, nunca había llevado un vestido largo. Solo de cóctel. Y adoraba aquel vestido. Le hacía sentirse como una princesa, con la seda acariciándole las piernas a cada paso. El corte realzaba su busto modesto y el color hacía que sus ojos adquirieran la tonalidad del mar Caribe.

Pero no iba maquillada y el pelo se lo había recogido en una coleta. Además, estaba muy, muy sensible a las críticas, y era como si él no pudiera soportar verla a menos del ciento diez por cien. Apenas había mirado el vestido de punto verde, ni las botas, ni los vaqueros. No estaba disfrutando con todo aquello. Era algo que tenía que hacer porque le había arruinado la vida. Otra vez.

Se levantó un poco la falda y a pesar de sus dudas, salió.

Él no se movió salvo para mirarla de arriba abajo despacio. Al final tomó un sorbo de champán y dijo:

–Este servirá.

Y volvió al teléfono.

A Imogen el corazón se le cayó a los pies y ella pisó aquel estúpido órgano que solo quería, y quería, y quería.

La dependienta llegó rápidamente con unas sandalias negras de tacón.

–No se moleste –le dijo, y volvió a entrar en el probador.

–Imogen –le dijo él–, pruébate los zapatos.

–¿Para qué? Tú ya has decidido.

Su atención se centró en ella tan de golpe que sintió como si su mirada fuese un láser que le quemara la piel. Como un lazo eléctrico que la rodeara sujetándola descargándole mil voltios.

–Y ahora he decidido que quiero verlo con zapatos.

La asistente percibió el peligro en su tono de voz y se agachó delante de Imogen.

–Así veremos si hay que corregir el bajo.

Imogen no apartó la mirada de él mientras le colocaba las sandalias, aunque sabía que no tenía poder alguno. Aunque estaba muerta de miedo.

«No muestres temor».

–Ay, sí. Le queda precioso –dijo la joven–. ¿No le parece, señor?

Imogen esperó sin dejar de mirarlo, y esperó y esperó, mientras él guardaba silencio.

–¿Crees que te podría pasar algo si eres amable al menos cinco minutos?

Volvió a mirarla de arriba abajo con desdén. Ya estaba siendo más que amable, decía su ceño fruncido, gastándose un montón de dinero en ella.

Imogen apretó los puños.

–Ponme una correa y me paseas desnuda, ya que lo único que quieres es poder llevarme donde quieras.

Su expresión no cambió. Dejó a un lado la copa y se levantó, dejando el teléfono en el sillón para avanzar hacia ella. Con un gesto de la cabeza indicó a la dependienta que saliera. Imogen tenía el corazón en la garganta, pero aguantó.

–Así que ahora parece que lo que quieres es que discutamos.

Deslizó un dedo por su cuello hasta llegar a la barbilla y empujarla suavemente hacia arriba.

–Y parece que a ti lo único que te importa es el aspecto exterior de las cosas, ¿no? ¿Es que no era lo bastante guapa para ser tu mujer? ¿Es eso por lo que te avergonzabas tanto de mí? ¿Por eso tengo que llevar toda esta ropa de diseño? ¿Para que se me vea pero no se me oiga?

Entonces sujetó su barbilla con firmeza.

–Si quiero hacer que te calles, sé cómo conseguirlo.

–Sí, siempre has sabido cuál era la mejor manera

de hacerme daño y no puedes resistirte a pisar cada una de esas heridas, ¿verdad?

—¿Te duele, Imogen? —preguntó, bajando la cabeza—. Anoche, ¿pensaste en lo bien que te hacía sentir? Cuatro años sin sexo me parecen muchos. Dudo que hayas podido hacerlo.

Bastardo... debería darle un empujón, pero cuando levantó los brazos, fue solo para apoyar las manos en su pecho. Sí que había pensado en cómo la hacía sentir. Lo había hecho cada uno de los días que habían pasado en esos cuatro años que hacía que no la tocaba. De las pocas citas que había tenido en ese tiempo, en ningún momento había sentido deseo ni siquiera de besar a otro.

—Sin embargo, tus intercambios deben ser más que los caramelos que se lanzan en un desfile, ¿verdad?

—¿Quieres algún caramelo?

Ladeó la cabeza y mordió mínimamente su labio inferior.

Aquel breve contacto desató en ella un temblor de necesidad.

Aquello dolía, pero no sabía decir si era el dolor de su burla o de no tener lo que más ansiaba en el mundo.

Abrió las manos y fue bajando hasta su cintura, animándolo a acercarse.

—Sí —contestó, aunque sabía que era un error ofrecerse.

Esperaba que la apartase, pero en lugar de hacerlo, una luz atávica iluminó su mirada. Con una mano sujetó su nuca antes de estampar su boca en la de ella, ardiente y posesiva.

El tiempo experimentó un pliegue. El pasado se fundió con el presente y explotó en una luz dorada que derrumbó sus defensas. El pánico debería haber sido su reacción, pero lo único que sintió fue alivio. Era la lluvia después de una larga sequía. Todo su cuerpo rejuvenecía, se inflamaba y se abría para él. Aquel hombre era el único capaz de hacerle sentir todas aquellas cosas.

Entrelazó los brazos detrás de su cuello y lo atrajo hacia sí, aumentando la presión de los labios hasta el punto de que dolieran, intentando borrar la necesidad que la había atormentado aquellos largos cuatro años.

Pero él se mostraba controlado, ardiente eso sí, pero decidiendo el ataque a su boca. Era suya. Sus acciones se lo estaban descubriendo.

No podía negarlo. Lo besó sin inhibiciones, recibiendo su lengua, frotándose contra él en una invitación abierta. «Tómame. Tómalo todo».

Era exactamente el modo en que se había entregado a él en el pasado. Pero cuando se derretía por dentro celebrando el gozo de volver a estar en sus brazos, él puso las manos en sus hombros y la apartó.

Tenía las rodillas muy débiles y tuvo que agarrarse a él para poder permanecer de pie.

¿Estaba excitado? Quizás. Pero su expresión era también acusadora, airada pero satisfecha. Le había estado dando una lección.

Y lo que había aprendido era que no podía confiar ni en sí misma, ni en él.

Capítulo 5

POR HOY hemos terminado –le dijo Travis a la mujer que estaba al otro lado de la habitación intentando no sonreír–. Prepárelo todo.

Sacó la tarjeta de crédito, apuró la copa y volvió a leer correos de trabajo para no tener que irse detrás de Imogen al probador y acabar lo que habían empezado.

«En este momento, te odio».

No le quedaba más remedio que disimular en un rincón de la tienda y esperar a que la erección cediera.

Apenas había dormido, intentando asimilar todo lo que ella le había contado por la noche. ¿Habrían sido distintas las cosas si se lo hubiera contado?

Luego le había dicho que no quería ir a Charleston y protestaba por cada compra que estaban haciendo, agotando su paciencia.

Y mientras, se estaba volviendo loco viéndola probarse vaqueros ajustados que le marcaban el trasero, o viendo cómo se le asomaba la rodilla entre el bajo de la falda y el final de la bota cuando se sentaban en el coche, o cómo el escote del vestido nuevo revelaba el inicio de sus pechos.

Verla salir del probador con aquel vestido que destacaba su piel de seda, arrancando destellos de su pelo y transformando sus ojos en lagos misteriosos, le había puesto fuera de sí de excitación.

¿Y ella quería que fuera agradable? Nada en aquella situación era agradable, sino frustrante y cargado de emociones que no era capaz de identificar.

–Ya estoy –dijo, saliendo del probador con el vestido verde que revelaba lo imposiblemente mínima que era su cintura. El cinturón dorado parecía un pequeño hula-hoop en sus caderas. Se le olvidaba lo enferma que había estado, pero la palidez de su rostro se lo recordaba.

Pero no lo miró a los ojos, sino que se limitó a sonreír diciendo a la dependienta:

–Gracias por su ayuda. Esperaré en el coche.

Travis la acompañó dejando que el chófer lidiara con los paquetes.

–¿A qué estamos jugando ahora? –preguntó cuando ella le volvió la cara al subirse al coche–. ¿No piensas hablarme?

–Por supuesto que sí. ¿De qué quieres que hablemos? –respondió, entrelazando las manos en el regazo y mirando al frente.

–Estás enfadada porque te he besado.

–Por supuesto que no –replicó ella, en un tono muy razonable que resultaba extrañamente provocador–. Has demostrado que puedes hacer lo que te venga en gana conmigo.

El chófer guardó los paquetes en el maletero y el coche se estremeció, pero no tanto como lo lograron sus palabras.

Cuando el chófer abrió la puerta para subir, Travis ladró:

–Danos un minuto.

–Por supuesto, señor.

Cerró la puerta y subió a la acera para espantar al puñado de fotógrafos que los llevaban siguiendo todo el día.

–¿No has disfrutado con el beso? ¿Te lo he arrancado yo? ¿Es eso lo que estás diciendo?

–Si lo he disfrutado o si no, no importa. Lo importante es lo que querías demostrar. Lo que me hagas es una reacción, un castigo a lo que te hice y a lo que te sigo haciendo.

–No ha sido un castigo, Imogen. ¿Lo has disfrutado? –repitió. Igual se estaba volviendo loco, porque le había parecido que los dos le ponían la misma pasión.

–Sí –respondió, apretando los puños y con la voz cargada de tensión–. Podrías haberme tomado allí mismo, en el suelo de una tienda. ¿Es eso lo que necesitabas oír? ¿Te hace feliz? ¿Hasta dónde tienes que humillarme para que lamente lo suficiente haber entrado en tu vida?

Por fin lo miró, pero en los ojos le brillaban las lágrimas.

–Yo no pretendía humillarte.

–Ya. Tú limítame a decirme cuáles son las reglas y yo dejaré de romperlas. El castigo no vale la pena.

–No era…

La agitación hizo que se revolviera en su asiento y ella se encogió, como si…

–¡No iba a pegarte!

–No he pensado que fueras a hacerlo –respondió, pero seguía tensa.

Travis se pasó una mano por la cara, intentando controlarse.

Aún no sabía qué hacer con lo que le había contado sobre su padre la noche anterior. No había mencionado violencia, y no se habría esforzado tanto por ganarse a un hombre que hubiera usado la violencia contra ella. Le parecía más que su padre era un hombre amargado y retraído, quizás por el dolor, aunque Imogen era una persona muy dramática y podía haber exagerado, intentando ganarse su compasión y su perdón.

Pero su reacción era puro instinto y miedo.

—¿Tu padre te pegaba?

Sería capaz de sacarlo de su tumba para volver a matarlo.

—No.

—Imogen.

—Deja de decir mi nombre así.

—¡Es que es tu nombre!

—Y lo dices como si fuera idiota y no pudieras soportarme. No es necesario usar los puños para hacer daño a las personas, Travis.

No quería pensar que su padre había sido tan cruel porque tendría que enfrentar el hecho de que había permitido que volviera con él. La había empujado.

—Dime cuáles son tus reglas y yo las respetaré —dijo de nuevo—. No contradecirte en público. Ponerme lo que me compres. ¿Qué más?

—Imo… —Travis cerró los ojos y suavizó el tono, aunque le estaba poniendo tan furioso que casi no podía controlarse—. Esto no es una prueba, ni un partido de tenis. No pretendía anotar ningún punto con ese beso.

Lo que sí quería saber era si su reacción en el pasado había sido verdadera o impostada.

–Vas a encontrar defectos en mí haga lo que haga. Por lo menos dame la ocasión de pelear porque no puedo vivir siempre en la luna. ¿Quieres que actuemos en público como si estuviéramos enamorados? ¿Es eso lo que esperas de mí?

Travis se rascó la cabeza y suspiró.

Ella apartó la mirada.

¿De verdad era tan sensible a un simple sonido de frustración?

–Imogen –dijo con suavidad. Quiso tocarla, pero no sabía cómo se lo iba a tomar. Nunca se había imaginado que tuviese la capacidad de hacerle tanto daño.

–¿Esperas que me acueste contigo?

–Esperarlo, no lo espero.

¿Desearlo? Sí. ¿Cómo narices habían llegado a desintegrarlo todo así?

–Porque no sé cómo hacer que sea «interesante» –miraba por la ventanilla, pero se llevó la mano a la mejilla un instante–. Estaba intentando ayudar a mi padre. Cuidar de él era un trabajo que tenía que llevar adelante junto a mi trabajo verdadero. Por eso no me había acostado con nadie. Salía de tarde en tarde, pero solo a cenar. Nada más. Así que hace mucho tiempo que no… por eso he reaccionado hoy, ¿vale? El sexo casual no es lo mío, no sé por qué, pero nunca me ha gustado.

Cada cosa que decía aquella mujer lo dejaba desconcertado.

–¿Y por qué ibas a querer que te gustase el sexo casual?

–Porque estaría bien conectar con alguien sin salir herida.

–Si estás diciendo que era demasiado brusco, yo…

–Cállate, Travis. No esperas que me cueste contigo. Bien. ¿Esperas que te pague esta ropa? Por eso he sido tan insistente en preguntar cuánto…

–No –le cortó, apretándose el puente de la nariz con los dedos–. Necesitabas ropa. Dejar de preguntar qué es lo que espero. Espero que me dejes ayudarte a recuperarte y que no vuelvas a meterte en una situación así. Espero que te cuides, que comas, que duermas y que te tomes la medicación. Si te he parecido insistente y frustrado es porque no puedo creer que hayas permitido que las cosas hayan llegado a este punto y que no me dejes que las arregle.

–No quiero que lamentes haberte encontrado conmigo más de lo que ya lo haces.

–Pues te va a encantar mi próxima demanda, porque espero que me digas a cuánto ascienden tus deudas para que pueda saldarlas.

–No.

–Tus acreedores están llamando a mi despacho y tengo que saber.

–¡Tú no eres responsable de mis deudas! Y menos por lo que mi padre me ha sacado.

–A ellos no les importa quién pague, siempre que reciban su dinero.

Mantener a flote la empresa de su padre estando al borde del abismo le había enseñado cómo funcionaban los buitres, haciendo crecer la deuda con los intereses en segundos.

–Podemos hacerlo fácil o difícil, Imogen. El modo fácil es que me facilites una lista y nos ocupamos de ella de inmediato. Los intereses siguen sumando, así que cuanto más lo retrases, peor será.

Ella frunció el ceño y volvió a negar con la cabeza.

–Yo no…

–A cada minuto que pasa, la deuda crece y crece.

–¡Vale! Tengo que conectarme cuando volvamos a tu casa, pero ¿podemos pasar antes por un sitio? Quiero darte algo. Por lo menos me quitaré eso de la conciencia.

–¿El qué?

–Tus anillos.

–No estaba lo bastante desesperada para venderlos –dijo cuando llegaron a Brooklyn. Habían ido hasta allí en silencio, y se imaginaba lo que estaba pensando. Si aquella horrenda habitación en aquel edificio apestoso no era desesperación, entonces ¿qué lo era?

Bajaron del coche delante del edificio de Joli. Si no estaba en casa, Travis se iba a volver loco pero es que, sin su viejo móvil y su lista de contactos, no tenía el número de Joli.

Llamó al portero automático y, gracias a Dios, Joli contestó.

–Soy Imogen.

–Me preguntaba si ibas a aparecer en algún momento. Pasa.

–¿Quién es? –preguntó Travis mientras subían por la escalera de aquel edificio, modesto pero bien cui-

dado. El ambiente olía a nueces y a canela. Los veci-
nos debían estar preparando la Navidad.

—Una de las editoras de mi padre. Fue periodista
freelance durante años, y volvió a ello cuando nuestra
empresa naufragó. Me envió sus condolencias cuando
murió mi padre, pero no hemos estado mucho en
contacto desde que volvió a trabajar por su cuenta.

Al llegar al tercer piso, una puerta se abrió. Joli
era corpulenta, y llevaba el cabello gris con un corte
serio y masculino. Unas gafas a las que les hacía
falta una limpieza y un cigarrillo colgando de la co-
misura de los labios eran su firma.

—¿Cómo estás, niña? —fue su saludo.

No era dada a mostrar afecto, pero había sido una
aliada de confianza durante años.

—El arquitecto —añadió cuando le presentó a Travis—. Cuando vi vuestros nombres en los titulares de
esta mañana, busqué tu artículo sobre él y lo leí.

—¿Qué? ¿Por qué?

El piso de Joli parecía el de una persona con síndrome de Diógenes. Archivadores sobre los que había montañas de carpetas y que estaban rodeados de
desbordadas cajas de cartón. Su mesa de la cocina era
un espacio de trabajo sepultado bajo capas de recor-
tes y notas. Papeles con marcas de tazas de café estaban sobre la mesita mientras su escritorio en un rincón era un ordenador que asomaba a duras penas por
encima de pilas de cuadernos y ceniceros llenos de
colillas. La casa apestaba a humo rancio de tabaco.

—Algo florido —comentó, guiñando un ojo y recu-
perando unas cuantas páginas que tenía junto al ordenador—, pero sólido. Debería haberlo publicado.

–Oh, no…

–Gracias –dijo Travis, tomó los papeles y los dobló por la mitad.

–¡Travis! –protestó Imogen, intentando recuperarlos, pero él se los guardó dentro de la chaqueta–. He venido a buscar los anillos –le dijo a Joli–. ¿Te importa?

–Están en la caja –dijo, y fue a buscarlos–. ¿Para quién trabajas ahora?

–No estoy escribiendo. Tuve que vender el ordenador.

Travis la miró frunciendo el ceño.

–Me lo habrían robado si no –contestó, encogiéndose de hombros–. Por lo menos el efectivo me cabía en el sujetador.

–¿Por eso tenías los anillos aquí? ¿Tenías miedo de que te los robaran?

–Solía dejárselos a Joli cuando tenía que ir a la oficina para que mi padre no los viera. Me habría dicho que los vendiera.

Joli rebuscó entre cintas antiguas y USB, y encontró un sobre cerrado que ponía *Propiedad de Imogen Gantry*.

Abrió el sobre y esperó a que Travis pusiera la mano, lo que hizo muy despacio. Sobre su palma cayeron los anillos, dos alianzas de platino que formaron un ocho. En un lado, el signo de infinito con diamantes talla baguette, y una piedra en talla cojín con baguettes en el otro.

Cuánto le gustaban aquellos anillos…

Por eso no los había vendido, a pesar de las circunstancias. Ya era bastante difícil devolvérselos al hombre que se los había regalado.

Y no era solo por lo bellos que eran, sino por lo que habían significado cuando se los entregó. Bueno, lo que ella creía que significaban.

—Me encantaría poder hacer algún trabajo como *freelance*, si tienes algún contacto. Lo que sea.

—Envíame un e-mail —le contesto Joli con su voz ronca.

—Gracias.

Travis esperó a que estuvieran de vuelta en el coche para hablar.

—Me dijiste que no tenías ningún amigo en quien confiar.

—¿Te ha parecido que tuviera dinero de sobra, o siquiera un sofá que hubiera podido prestarme? Es una mujer muy independiente, y jamás le pediría nada a nadie, excepto quizás lo que yo le he pedido: contactos. Si le hubiera pedido dinero, me habría dicho que vendiera los anillos, y no quería hacerlo.

Travis se los había guardado en el bolsillo.

—Explícame eso otra vez —dijo, en un tono que hablaba de la paciencia que, según él estaba teniendo.

—Mientras pudiera mantenerlos, tenía la sensación de no estar aún acabada. No estaba en el fondo del pozo. Además, lo que hubiera podido sacar por ellos no habría saldado apenas nada de la deuda, así que ¿qué sentido tenía desprenderme de ellos y seguir estando en la ruina?

Decidió cambiar de tema, aunque supusiera pedirle otro favor.

—Me vendría muy bien… —comenzó, entrelazando las manos en el regazo con nerviosismo–, si de verdad quieres ayudarme a volver a empezar, que me prestaras un ordenador. He seguido manteniendo más o menos abierta la puerta al trabajo de *freelance*. Lo que pasa es que me era muy difícil compaginar los horarios de la biblioteca y mis otros trabajos. La mayor parte de las veces te echan cuando llevas una hora, y no me daba tiempo a leer y a contestar todos mis correos. Cuando conseguía ponerme en contacto con la gente, me decían que ya se lo habían ofrecido a otro.

Él la miró sorprendido.

—Te compraré un portátil –dijo.

—Solo préstamelo, por favor.

Le vio meter la mano dentro de su chaqueta y pensó que iba a sacar el móvil, pero lo que sacó fueron las páginas que Joli le había dado.

—¡No lo leas!

—¿Por qué no?

—Porque no quiero saber cómo vas a reaccionar.

—¿Y cómo esperas que reaccione? Joli ha dicho que era bueno, ¿no?

Ella se encogió de hombros.

—Lo escribí cuando las cosas eran completamente diferentes entre nosotros. No… no quiero ver tu reacción. Guárdalo.

—Cuando nos conocimos, tuve la sensación de que no te parecías a nadie que conociera –dobló de nuevo las páginas y se las guardó–. Sigo sin entenderte.

—Tengo que defenderme, y me temo que ese artículo está escrito por una joven deslumbrada. Verás lo tonta y lo inocente que era y te reirás de mí. Pero si así te relajas, adelante –señaló con un gesto su bolsillo.

—¿Puedo sugerirte algo? –dijo él, enarcando las

cejas–. Tu padre ya murió. No tienes por qué seguir denigrándote.

Buen consejo, pero iba a ser humillante hiciera lo que hiciese. Se daría cuenta de lo mucho que había significado para ella. Quizás se mereciera saber cuánto lo lamentaba, pero resultaba demasiado mortificante seguir medio enamorada de un hombre que nunca había sentido nada por ella.

–¿Es esa la razón de que tu padre se negara a publicarlo? ¿Creía que no era imparcial?

–Dudo que tan siquiera llegase a leerlo.

Sintió su mirada y volvió la cara para encontrarse que algo ardía en sus ojos.

–Deberías haberme dicho lo mal que lo estabas pasando, Imogen.

–No importa –murmuró, mirando hacia otro lado, dolida quizás porque su reacción fuese demasiado ligera, demasiado tardía. Quizás estaba enfadada consigo misma por no haber confiado en él–. Ya no se puede cambiar. Es el pasado.

Él la miró con incredulidad.

–Por eso estaba empezando desde cero –se defendió–. Sí, del modo más duro, pero quería que nada de mi pasado me acompañara. Nada relacionado con él. Por eso llevaba mi certificado de matrimonio. Al menos podía fingir llevar tu apellido en lugar del suyo.

Horas más tarde, Travis apartó la mirada de su ordenador y la dejó vagar por el paisaje que se veía al otro lado de la ventana.

Habían vuelto a casa. Todo estaba en orden.

Travis había comprado un portátil nuevo de camino a casa, e Imogen se había acomodado en el sofá. Se había cambiado de ropa, y llevaba unas mallas y un jersey largo. No dejaba de moverse, doblando y estirando las piernas, tirándose del jersey, frotándose un pie con el otro. Llevaba unos gruesos calcetines blancos, y jugaba con el pelo, rozándose los labios con el final de un mechón. Echaba el brazo atrás y ahuecaba el cojín para luego suspirar suavemente.

La fantasía de levantarse, quitarle el ordenador de las manos, sentarse sobre ella y hacerle el amor lo consumían.

El beso aún le nublaba la mente y ahora tenía unos anillos y su artículo para añadir a la confusión que le habían provocado sus revelaciones. Todo ello le llevaba al asiento trasero del coche la noche antes de casarse. Estaban aparcados delante de casa de Imogen, y el chófer había salido a fumar un cigarrillo. Le había levantado la falda y ella temblaba con el orgasmo más exquisito que había presenciado nunca.

Habría hecho cualquier cosa, lo que fuera, en aquel momento y lo único que había impedido que la tomase allí mismo fue la última brizna de control, que lo ayudó a decir:

—Invítame a subir.

Tenían la ropa desabrochada, y ella aún temblaba. Algo parecido a una agonía le había hecho fruncir el ceño y se había mordido el labio inferior antes de contestar con la miraba baja, como derrotada:

—Si es lo que quieres.

Estaban pegados el uno al otro y el aire vibraba cargado de intimidad. Era la primera vez que se permitía volver a aquellos recuerdos. Le resultaba mucho más cómodo calificarla de manipuladora.

Pero tenía que reconocer que, si había sido manipulado, la responsabilidad recaía en sus hormonas y en su conciencia.

–¿No es eso lo que quieres? –le había preguntado.

Y había sucumbido a la necesidad de saborear su boca una vez más, manteniendo el fuego entre ellos, acariciándola, viéndola contener el aliento.

–Sí –contestó con voz temblorosa–. Pero me estaba reservando para mi marido. Para un hombre que…

Había murmurado el resto en su cuello.

¿Un hombre que qué? ¿Que la amase? En aquel momento solo había creído a medias su declaración de que era virgen, pero su exclamación de sorpresa al sentir por primera vez su mano y el modo tímido en que se había dejado hacer, le hicieron inclinarse a pensar que nunca antes había sido acariciada de un modo tan íntimo.

En aquel momento no consideró tanto su virginidad como un premio sino que los celos que sintió al imaginarla con otro hombre desafiaron todo raciocinio. Deseó hacerla suya de un modo que iba más allá de lo físico.

Cuando ella apoyó la cara en su brazo y lo miró, intuyó melancolía en su titubeante sonrisa.

Podría haber insistido en que le dejara tomarla aquella misma noche. Podía haber disfrutado de su virginidad sin los anillos, pero ella lo habría lamentado, se habría sentido devaluada entregándose sin un compromiso.

El estómago se le encogió al recordar cómo para

él tampoco había sido suficiente. No en aquel momento. Así que había pronunciado las palabras: «cásate conmigo. Mañana». Y se había pasado la noche redactando el acuerdo prematrimonial, convencido de que estaba siendo razonable en medio de aquel caos.

—Ya está.

Su voz lo arrancó del pasado y lo dejó de nuevo en su despacho al tiempo que un delicado sonido le advertía de que había recibido otro correo.

Imogen estaba hablando de los informes, los enlaces y contactos que le había estado enviando durante la última hora. Estaba en la puerta, y miraba a su alrededor, a aquel despacho que usaba bastante poco. Su oficina estaba a unas manzanas de distancia, y cuando estaba en casa, prefería desconectar.

Imogen se fijó en los papeles doblados que tenía en un lado de la mesa.

—¿Lo has leído? —le preguntó, cruzando los brazos.

—No —mintió. No quería enfrentarse a sus sentimientos sobre cómo le había retratado en el artículo y cómo se había revelado a sí misma—. He estado ocupado con mi contable —se le ocurrió—. Me ha dicho que, en un primer vistazo, parece que hay varios asuntos de los que ocuparse como parte de la gestión de tu padre y de los que no se te pueden pedir responsabilidades a ti.

Hizo una mueca.

—Sabía que debería haber contratado a un contable, pero su factura habría sido superior a lo que pudiera ahorrarme, ¿no crees?

—Ya veremos. Te está preparando una autorización para que se la firmes y que su despacho pueda ocuparse del testamento de tu padre. Dice que el servicio legal que proporciona la residencia a la que lo llevaste está bien para las personas que tienen ingresos modestos, pero que para algo tan complejo carecen de experiencia.

—De acuerdo. ¿Quieres que mire en la nevera para ver si hay algo para cenar?

Ese apetito no era el que le roía por dentro constantemente.

—Vamos a salir.

Su voz sonó más grave y cortante de lo que pretendía, y ella frunció el ceño.

—¿Por qué?

Le molestaba que sospechase siempre de sus motivos. Aquella tensión constante sobre unos hilos que ya creía cortados resultaba agotadora, sobre todo porque cada hilo era una víbora que acababa propinándole un mordisco cargado de veneno.

—Estamos aparentando una reconciliación. Al menos eso es lo que dice la prensa.

Ella enarcó las cejas.

—Buena suerte.

Dejó a un lado el teléfono y apoyó los antebrazos sobre la mesa.

—Lo que «parezca» es importante para mí. En parte porque es quien soy. Mira a tu alrededor. Capitaneo un barco en perfecto estado de revista. Una de las razones por las que hemos salido a primera hora de la mañana era para darle tiempo al ama de llaves de limpiarlo todo. Los niños manchan mucho, y me cuesta esperar para poder limpiar en cuanto se marchan.

–¿Eres un fanático de la limpieza? –le preguntó, sonriendo–. Y yo que pensaba que eras perfecto.

–Aún peor: soy un perfeccionista. Es mi peor defecto, pero lo asumo con sinceridad. Mi madre se pasó toda mi infancia limpiándome la cara y las manos, peinándome y enderezándome la corbata.

Imogen sonrió.

–Me gustaría ver una prueba de todo eso. Dime que era una pajarita.

–Yo era tan fastidioso como ella. Cuando empecé el instituto, mi padre me dijo que me daría un dólar por cada nota, siempre y cuando la media fuera de siete. ¿Quién quiere noventa y ocho billetes cuando puedes tener un Ben Franklin de cien nuevecito?

–Hay maneras más fáciles de echarle mano a una cartera, ¿sabes? Te lo dice una experta. Pregúntame lo que quieras.

Allí estaba la mujer que le había apartado del camino recto para arrastrarlo a otro salvaje e impredecible. Se obligó a permanecer concentrado para decirle lo que quería decirle.

–Fui el mejor atleta en pista del instituto, dirigía el equipo de debate, tocaba el saxo y organicé la reparación de un centro de mayores que una tormenta había dañado.

–¿Y salías con la jefa de las animadoras? –preguntó.

No sabía que había dado en el clavo, pero desde luego no se lo iba a decir.

–También trabajaba los fines de semana en la empresa de mi padre y ayudaba con los contratos inmobiliarios. A esos no puede faltarles ni el punto de una i.

Me votaron como mejor estudiante del centro durante dos años seguidos. Mi vida era impecable y mi futuro también.

Se pasó la lengua por los labios. Llegaban a lo difícil.

—Entonces mi madre tuvo una aventura, que a mi padre le rompió el corazón y que a mí me supuso una nube de rumores en mis últimos años de instituto. Mi padre estuvo a punto de perder su negocio y yo tuve que dejar mis actividades extracurriculares para cuidar de él.

—¿Enfermó? —preguntó, seria.

—Alcohol.

—Lo siento.

No quería su compasión. Aquello era una explicación, no una sesión de terapia.

—Mis notas se resintieron, lo cual era inaceptable y me echaron dos veces por pelearme. Odio los cotilleos y la mala prensa, y odio aún más cuando me rebajo a reaccionar ante ellos. Prefiero mantenerme a mí mismo y a todo lo que hay alrededor bajo control.

—Ya me he dado cuenta —esbozó otra sonrisa—. Juegas tus cartas sin dejar que nadie las vea, y siempre vas una casilla por delante de los demás.

—Has mezclado las dos metáforas a propósito. ¿Ves? Por eso me vuelves loco.

—Igual existe un tablero que use cartas y las casillas. No lo sé.

Esa era la parte que más le gustaba. El sentido del humor. La invitación a reírse de sí mismo. No debería sentirse atraído por ese rasgo y quizás fuera esa la razón de que no se hubiera comprometido de verdad en su matrimonio. No podía pasarse toda una vida con tanta incertidumbre, con una mujer que no era cien por cien estable.

—No esperaba que nuestro matrimonio durase —admitió—. En eso tienes razón.

Su sonrisa se desvaneció y apoyó la mano en el pomo de la puerta como si prefiriera marcharse antes que oír aquello.

—Después de ver cómo explotaba el matrimonio de mis padres, sabía que no quería que el nuestro me dejase marca cuando se desintegrara —puede que incluso retirara los apoyos que tenían para no tener que esperar hasta lo inevitable—. Somos muy diferentes, Imogen.

—Yo no soy perfecta.

—Eres creativa y eso no es malo.

—Tú eres creativo.

—De un modo disciplinado.

—Entonces, ¿por qué…? —la voz le falló, pero volvió a intentarlo—. ¿Por qué quieres lucir en público a esta desastrosa exmujer? ¿No debería estar siempre confinada?

Encerrada en su habitación y sin cenar…

—La debacle de Gwyn llegó cuando me estaba expandiendo y asumiendo una gran deuda por un proyecto en Sudamérica.

—La catedral.

—La iglesia católica, sí. Ya puedes imaginarte lo que les encantó que mi hermana fuera puesta públicamente en evidencia por hacerse fotos desnuda y mantener una aventura con un banquero. Ella lo estaba pasando todavía peor, pero la cuestión es que a mí me demostró lo importante que es la imagen para mis clientes. Ahora voy a cerrar algo en Hawái después de las fiestas, y no puedo arriesgar su confianza porque teman que tenga problemas personales.

—Así que tendré que ponerme mi ropa de los domingos, cuidar los modales y limpiar la que he liado.

—Sé que en parte también es culpa mía, Imogen.

—Porque nunca deberías haberte casado conmigo.

Ella empezó a jugar con el pestillo y, de repente, se llevó el pulgar a la boca.

—¿Te has cortado?

Desde luego los desastres la perseguían.

—No —mintió—. ¿A qué hora tengo que estar preparada?

—Déjame verlo.

—Soy mayorcita ya. Puedo solucionar mis problemas —dijo, guardando el pulgar dentro del puño, sin ser consciente de lo ridículas que sonaban sus palabras cuando el correo de Travis se estaba viendo desbordado de preguntas de su contable sobre cómo paliar su catastrófica situación económica.

O puede que sí se diera cuenta porque suspiró y bajó la mirada.

—Tenemos reserva para las siete. En el baño hay tiritas.

«Estás preciosa».

Imogen intentó no tirarse del vestido hacia abajo o cerrarse el escote. En la cabeza seguía dando vueltas su cumplido. ¿Estaría alimentando su frágil autoestima después de la discusión en la tienda? ¿Querría decir que ya no parecía la viva imagen de la muerte, o lo diría sinceramente?

Además de la ropa nueva, le habían proporcionado maquillaje. Con el pelo recién lavado y peinado, se había arreglado cuanto había podido, y el vestido desde luego contribuía al buen resultado. Era un diseño ceñido en púrpura y marfil, con una picante cremallera que lo abría por delante. Los zapatos eran una impactante colección de cristales que formaban una flor sobre un importante tacón. Chic y con clase.

Aquel mundo en tecnicolor en el que el bolso de su madre había sido reemplazado por media docena de creaciones con nombre propio, era un lugar agradable. Aun en su mejor día, nunca había tenido tanto dinero en la cuenta del banco como costaba aquel bolso de mano de satén, decorado con perlas auténticas y un cierre esmaltado.

—Sus compañeros de mesa ya están aquí. Les acompaño —se ofreció el maître, haciéndolos pasar por entre la gente que abarrotaba la parte delantera del restaurante hasta lo que parecía una sección exclusiva en la parte de atrás, donde las meses estaban colocadas junto a ventanas desde las que se veía Central Park.

—¿Compañeros de mesa? —preguntó, colgándose del brazo de Travis.

—He invitado a un amigo y a su esposa. Alguien dispuesto a ayudarnos con nuestro problema de relaciones públicas.

¿Nuestro problema? Él no le hacía a su reputación ningún daño. No era ella la que lo estaba arrastrando a él por el fango.

Cuando reconoció a la pareja que los esperaba y ellos se pusieron en pie para las presentaciones, debió quedarse clavada en el sitio porque Travis la empujó con firmeza por la cintura, exactamente como hacía su madre cuando quería que saludara con un beso a su padre tras un largo viaje.

–Nic, Rowan –los saludó, y a ella la presentó sin más como Imogen.

–Gantry –añadió ella.

Nic Marcussen era dueño de una de las mayores agencias de información del mundo. Su esposa era intérprete desde la niñez, hija de una conocida actriz de los escenarios británicos.

–Mi padre era Wallace Gantry. Puede que Travis no lo haya mencionado.

–No era necesario –contestó Nic–. Sé quién eres, y no te guardo ningún resentimiento. Lamento tu pérdida.

–Supongo que la rivalidad profesional solo es un problema para el segundo –comentó, haciendo que él se riera y la mirase con otros ojos.

Quizás le había hecho gracia porque había exagerado la posición de su padre. Él era el último en su carrera particular, ya que mientras Nic había ido evolucionando con los tiempos y había llegado a lo más alto, su padre se había ido quedando atrás. Podría haber presumido de ello, pero prefirió que la conversación derivara hacia otros asuntos.

Aun así, Imogen permaneció en guardia, sin apenas tocar el vino y cuidando hasta la última palabra que salía de sus labios. No era la otra pareja lo que la hacía estar tan tensa. Eran inteligentes, estaban relajados y obviamente enamorados, y hablaban de sus hijos y de lo que parecía una vida perfecta, con lo que a ella se le encogió el corazón.

Se había pasado la vida así, consciente de cómo sus actos se reflejaban en su padre. Puede que se hubiera sentido igual, siempre vigilada, cuando ella y Travis estaban casados y salían de casa, pero una de las cosas que la había empujado hacia él de manera más inexorable era el hecho de que, cuando estaba a solas con él, podía ser ella misma, aceptada por sí misma.

Ya no. Por mucho que había intentado enderezar sus errores en los días anteriores, seguía sintiendo que no daba la talla. Era una agonía reírse a coro con los demás y pretender que el roce de la pierna de Travis no le volvía de mantequilla las entrañas.

Estaban ya en los postres cuando dijo Nic:

—Un buen artículo sobre el albañil este.

Le hablaba a ella pero se refería a Travis.

—¿Qué?

El calor de mil soles la aplastó, convirtiendo su garganta en un árido desierto.

—¿No le has dicho que me lo habías enviado?

Travis le dio las gracias con una sonrisa toda dientes.

—Me dijiste que...

«Compórtate, Imogen», se advirtió, y clavó la mirada en su *crème brûlée*.

—No me lo había dicho —replicó, forzando la sonrisa—. Gracias.

Rápidamente cambió de tema, preguntándolos por su casa en Grecia, y consiguió pasar el resto de la cena controlando las ganas de explotar.

El trayecto de vuelta al ático de Travis se hizo en silencio. Temblaba cuando llegaron al ascensor.

—Se lo envié porque pensé que era...

—¡No me importa lo que pensaras! —espetó—. Me has mentido.

—¿Sobre si lo había leído, o sobre por qué hemos ido a cenar?

—Las dos cosas.

—Le envié a él directamente el comunicado de prensa sobre nuestra reconciliación a modo de exclusiva y, a cambio, él se comprometía a que lo vieran públicamente conmigo, lo cual envía el mensaje de que cualquier campaña que se orqueste contra mí tendrá consecuencias.

Las puertas se abrieron y salió disparada escaleras arriba hacia la habitación de invitados que ocupaba.

Él la siguió y metió el pie para evitar que le diera con la puerta en las narices.

Lanzó el bolso vacío, un pintalabios era todo su contenido, y se quitó de cualquier manera los carísimos zapatos.

—Dado que tú y yo éramos el tema del artículo —continuó Travis—, se lo envié y le pedí que se lo remitiera a uno de sus editores si veía que podías encajar en alguna parte. Parecías interesada en trabajo como *freelance*.

—Las cosas no funcionan así, Travis. Das una patada a una lata y salen cien escritores, así que hay que ganarse los galones. ¿Acaso tus amigos te envían borradores dibujados por sus esposas para que los consideres en tu siguiente proyecto y no tener que pasar por la tediosa labor de aprender en la mesa de dibujo? No. Se espera de ellos que vayan subiendo como todo el mundo.

—Tú ya has pasado por ese ascenso. ¿Por qué te enfadas? ¡Le ha gustado!

—¡Genial! ¿Y qué pasará ahora si me da algún trabajo? ¿Estaré en deuda? ¿Con quién? ¿Contigo otra vez?

—Estarás en deuda contigo misma porque era un buen artículo —respondió. Parecía confuso, como si de verdad no comprendiera por qué tenía que explicárselo—. Era concienzudo, agudo y entretenido.

—No me importa lo que tú pienses.

—¿Y por qué no?

—Porque entonces no te importó un comino lo que sintiera por ti, y no necesito que ahora me digas que esos sentimientos te parecen patéticos e infantiles.

—¡Eso no es lo que pensé! Me dio la impresión de que era…

—¡No me importan tus impresiones! Yo estoy siendo brutalmente sincera contigo a cada paso —le gritó, temblando y gesticulando con los brazos—. ¡Ya no tengo ego, ni defensas, ni autoestima! Lo he perdido todo, solo dependo de ti ¡y me has mentido! ¡Te pregunté si lo habías leído y me mentiste!

Travis se metió las manos en los bolsillos y miró para otro lado. Las luces de la habitación y del pasillo estaban encendidas, así que no había dónde esconderse.

—¿Es que no me merezco honestidad de ti?

Toda ella temblaba por la agonía que le provocaba el poco respeto que sentía por ella.

–Yo… me sentí desnudo cuando lo leí –admitió entre dientes.

–¿Tú? –repitió, frotándose la frente–. Eran mis torpes sentimientos los que se palpaban en el artículo, no los tuyos.

–Leerlo me hizo recordar la excitación y el entusiasmo que mostraste cuando nos conocimos –reconoció sin mirarla–. Recuerdo lo mucho que me animaste. Resultó contagioso y sí, halagador. También captaste cómo me sentía. Mi pasión y mi ambición por el futuro, las aspiraciones que tenía para la empresa. Me ha sido incómodo verlo así porque he perdido buena parte de ese ímpetu. Me he vuelto cínico y comercial, y leerlo ha sido como leer una carta que me hubiera escrito a mí mismo recordándome por qué luché para expandirnos, lo que esperaba lograr. Ha sido inquietante ver lo lejos que estoy de donde pretendía estar a estas alturas.

Imogen lo miró buscando su expresión. Quería preguntarle dónde pensaba que debía estar, pero se limitó a decir:

–¿Mentiste porque no querías decirme eso?

–Yo no proceso las cosas tan rápidamente como tú. Tengo que derribar antes de reconstruir, pero si quieres sinceridad, mi primer pensamiento fue que necesitaba darte las gracias por documentar esa época de mi vida. Leer tu artículo ha renovado mi inspiración.

Ella parpadeó varias veces. Era la primera vez desde que habían vuelto a encontrarse que creía tener algo que ofrecerle.

–Al mismo tiempo, ha sido un revulsivo. Me ha

hecho darme cuenta de por qué no he sido feliz con mi trabajo últimamente. He olvidado la pasión que me condujo a la arquitectura en un principio. Y sí, te he mentido mientras filtraba todo eso.

Por alguna razón, sentía el estómago lleno de mariposas que volaban en todas direcciones, haciéndole cosquillas en el corazón y alterándole la respiración. Ella tampoco sabía cómo procesar lo que acababa de decirle. Se sentía conmovida, e intentó disimular.

—¿Significa que debería decirte «lo siento», o mejor «de nada»?

—De nada —respondió con una sinceridad que transformó el suelo que pisaba en arena—. Pero puede que también «gracias», porque aunque detesto que se vean mis defectos, se lo envié a Nic. Sabía que era un ejemplo perfecto de tu capacidad, y no podía negarme a que lo utilizaras para conseguir trabajo si escribir es lo que te interesa, aunque también había un interés personal en ello —añadió, ladeando la cabeza—. Pensé que podría ayudarte a arrancar sin poner mi historia en todas los despachos de la ciudad.

—Ah. Has sido muy amable. Gracias —se humedeció los labios—. Pero por favor, no me mientas. Me molesta mucho.

—¿No me digas? No me había dado cuenta.

Intentó sonreír.

—Te agradezco lo que estás haciendo por mí, pero me resulta duro aceptarlo. Por eso a veces me crispo. No me gusta ser una persona a la que hay que tolerar. Ya no.

—No lo eres.

—No estás haciendo esto por amistad o por afecto,

Travis, sino por obligación porque una vez estuvimos casados. Solo eso.

No la contradijo, y esa fue quizás la respuesta más dolorosa que podía haberle dado.

—No te ayudaría si creyera que no vale la pena el esfuerzo, Imogen.

Al mirarlo y absorber esas palabras, el latido de su corazón se ralentizó y se volvió tan fuerte que parecía un martillo que le golpease el esternón.

—¿Lo dices en serio?

—Sí.

Ella asintió. No pudo darle las gracias porque estaba demasiado conmovida.

—¿Te importa? —le preguntó, consciente de pronto de que estaban en su dormitorio—. Voy a tomarme las pastillas y a acostarme.

Él tardó un momento en asentir y salir, cerrando la puerta a su espalda.

Imogen se quedó sentada en la cama un buen rato con los ojos cerrados, dejando que las lágrimas le rodasen por las mejillas.

Capítulo 6

UNOS DÍAS después, Travis hizo una reserva para los dos en la suite presidencial de una mansión de Charleston que había sido reconvertida en un exclusivo hotel boutique. Su habitación tenía dos chimeneas de mármol de techo a suelo, paneles de cristal de Tiffany sobre el marco de las puertas, lámparas italianas, una bañera de burbujas y un árbol de Navidad de más de tres metros en el salón.

Imogen se moría por decir:

—Qué fallo. ¡No hay piano!

—Suelo quedarme en casa de mi padre, pero mis hermanos y sus esposas están ya allí.

—Intentaré conformarme —murmuró. Había una cama *king size*, un diván y un sofá que seguramente se hacía cama.

—Tienes una cita en el spa. Yo tengo que ver al barbero y recoger el esmoquin.

—De acuerdo.

¿Qué otra cosa podía decir? Iban a interpretar una obra de teatro, así que tenía que pasar por peluquería y maquillaje antes de decir sus frases sin titubear.

—¿Da la fiesta aquí tu padre? —preguntó.

Él sonrió.

—Un crucero en el puerto. Le pedí a Gwyn que se ocupara de todo y me enviase las facturas. Iba a alquilar un barco de vapor, pero el banco de Vito ha decidido comprar un yate para eventos corporativos. Me ha jurado que es pura coincidencia, pero le gusta subir las apuestas.

—La rivalidad solo importa si quedas en segundo lugar. Alguien me lo ha dicho recientemente.

—Lo dijiste tú, y cuando se trata de complacer a Gwyn, estoy obligado a ceder ante Vito, así que la rivalidad carece de sentido.

Ella sonrió, describiendo círculos con un dedo en la tapicería del sillón. ¡Qué suerte la de Gwyn!

—¿Te encuentras bien? Estás muy callada.

—Nerviosa —admitió—. Los nervios del estreno.

Después del spa y la peluquería, cuando volvió a la habitación, encontró un vestido de un bonito color amatista sobre la cama. No era tan dramático como el azul que se había llevado. De hecho parecía sencillo y modesto, pero al ponérselo pudo ver su sensual elegancia. El escote de la espalda era tan bajo que no podía ponerse sujetador, y la falda estrecha llevaba un corte casi hasta la cadera que se abría con cada paso.

Se estaba mirando en el espejo, preguntándose quién sería aquella sirena, cuando Travis volvió.

Estaba arrebatador con el esmoquin a medida, recién afeitado y con el pelo cortado a la perfección, y por una vez, con el recuerdo de sus palabras fresco en la memoria, pudo sonreír con naturalidad al mirarlo, casi creyéndose lo bastante buena para aquel hombre tan descomunalmente guapo.

Travis se había tropezado con una valla electrificada de niño. Tres cables que no había visto en un campamento de verano porque iba hablando con un amigo. La sacudida le golpeó tan fuerte que salió despedido y acabó cayendo de nalgas.

Así fue como se sintió cuando Imogen le sonrió. Como si hubiera recibido una descarga en el corazón, en el vientre y en la entrepierna, tan fuerte que estuvo a punto de perder el equilibrio.

Dios bendito, era toda una visión. Sabía que el color de ese vestido acentuaría el castaño de su pelo, pero no esperaba que transformara en esmeraldas sus ojos y que hiciera tan deliciosa su piel como la crema batida. Su mística femenina con aquel vestido era irresistible.

—Estás preciosa —le dijo, y sintió que algo se escapaba de su control—. He pensado que ibas a necesitar joyas —dijo, mostrándole una caja.

—¿Los anillos? No…

¿Por qué tenía que dolerle que no quisiera llevar sus anillos?

—Es un collar y unos pendientes.

—Ah. ¿Te los han prestado?

—Sí.

—Entonces, vale —dijo, y se acercó para abrir la caja—. Gracias. Son preciosos.

La vio ponerse los pendientes mientras recordaba que le había dicho, la noche en que salieron a cenar, que solo la ayudaba porque se sentía obligado. ¿Debería decirle que se había pasado media hora eligiendo aquello, y no porque le preocupara su aspecto, sino porque quería que le gustasen de verdad?

–¿Me ayudas?

Se alzó el pelo para que le abrochase el collar.

Accionó el delicado cierre y le tocó el hombro para que se diera la vuelta.

Olía maravillosamente bien, y se encontró con que había dejado la mano sobre su hombro y que el pulgar le acariciaba la piel.

Ella movió los hombros y se frotó el punto en que él había tenido la mano y que le había erizado la piel, y Travis deseó hacerlo él pero con una ligera variante: lamerla desde allí hasta la garganta y luego hundirse en su boca.

–Eres tan hermosa… tan sensual. No es posible que solo hayas estado conmigo.

Ella lo miró, y sus ojos parecían tan inocentes, tan vulnerables, que sintió que las entrañas se le retorcían.

–Tú no me has querido. ¿Qué te hace pensar que otra persona iba a quererme?

Hasta aquel momento no se había creído que había permanecido célibe, pero ahora que sabía cómo la ruptura de su matrimonio había sido un rechazo más a sumar a los que había sufrido de su padre, la verdad lo empaló.

Se había negado el placer sensual no por fidelidad, sino por temor a otro rechazo.

–Eso no es cierto, Imogen –dijo, sujetándola por

un brazo–. Te dije cosas para hacerte daño por pura rabia.

–Lo sé –cerró los ojos un segundo–. Y funcionó –con cuidado hizo que la soltase. En los ojos le brillaban lágrimas–. Te ruego que no empecemos ahora una discusión. Ya estoy bastante preocupada por cómo va a salir todo esto.

–Saldrá bien –dijo, aunque no sabía cómo convencerla, cómo reparar el daño que le había hecho.

Asintió y abrió la puerta.

Imogen lo estaba haciendo de maravilla. Habían sido los últimos en embarcar. Había avisado de ello a Gwyn para poder evitar el escrutinio del comité de bienvenida.

Cuando se la presentó a su padre, se dejó ganar enseguida. Era dolorosamente obvio que se moría de ganas de que su hijo se casara y sentase la cabeza.

Era ya de noche cuando el barco se puso en movimiento. El aire era fresco y limpio y en el cielo brillaba una luna llena sobre un tapiz tachonado de estrellas.

Imogen se sentía como si estuviera trabajando de extra en una película. Todo era tan perfecto… el yate era una elegante monstruosidad de cuatro cubiertas, todo él decorado para la ocasión. Incluso había una banda de Nueva Orleans tocando blues y jazz, al parecer la música favorita de Henry. También se interpretaron algunos villancicos mientras se servía el bufé de la cena. En aquel momento, la gente empezaba a bailar.

La mayoría de invitados eran más o menos de la

edad de Henry, y a pesar de que sentían una evidente curiosidad por la boda secreta de Travis, se limitaron a preguntas sobre dónde se había criado y otros temas inocuos.

También había un grupo de gente de la edad de Travis, que lo miraron extrañados algunas veces, pero el sur era conocido por sus buenos modales, de modo que la velada resultó muy civilizada.

Hasta que Imogen la lio.

Gwyn la estaba ayudando, contándole quién era quien, hasta que toparon con una mujer que las miraba con demasiado descaro.

–Debe ser la invitada de alguien. No la reconozco. ¿Te acuerdas de quién nos la ha presentado, Vito? –su esposo negó con la cabeza–. ¿Quién es esa mujer que va de blanco y negro, con ese adorable sombrerito? –le preguntó a su hermano.

Travis la miró y se quedó helado.

–Creo que es mi madre. ¿La has invitado tú?

–No –contestó Gwyn, con los ojos abiertos de par en par–. Solo he visto una foto de ella de cuando tú eras un bebé. Lo siento, pero no recuerdo su nombre.

Ahora que Travis había reparado en ella, se acercó. Era una versión femenina de su hijo, más joven de lo que se esperaba. Tenía el cabello negro, que quizás se teñía para ocultar algunas canas, pero parecía natural en aquel impoluto moño que llevaba, y se había maquillado con habilidad para quitarse años de un aspecto que ya resultaba joven. Cualquier mujer de cualquier edad estaría encantada de tener su figura.

–Travis, cariño.

Travis, tieso como un palo, dejó que acercase su

mejilla a la de él y la presentó. Vito no tardó en excusarse para bailar con Gwyn, dejando que Eliza Carmichael tomase la mano de Imogen con sus cuidadísimas manos de impecable manicura.

–¿Cómo es que estás aquí? –preguntó Travis.

–He venido con Archie. Tu padre lo sabía y me dijo que no le importaba.

–¿Cuánto tiempo hace que estás con él?

–¿Con Archie? Es un amigo. Lo que quería era verte y conocer a Imogen.

No le había soltado aún la mano. Eliza parecía fría, distante y suave como la seda, pero había algo desesperado en su modo de sostener la mano de Imogen. Un ruego.

–Mi hijo nunca me cuenta nada –dijo–. No puedo esperar a conocerte mejor.

–Tenemos que saludar al resto de invitados, madre –contestó Travis, deslizando la mano por el brazo de Imogen hasta soltarla de la mano de su madre.

La sonrisa de su madre no se alteró.

–Venid a cenar mañana. O cualquier noche que estéis en la ciudad.

–Mañana estaremos en casa de papá y la mañana de Navidad, y luego tomamos el avión de vuelta a Nueva York. Tenemos que estar en Hawái a principios de año.

Imagen no sabía que se iban a Hawái, pero esa no era la cuestión en aquel momento.

–¿Qué tal si pasamos mañana por tu hotel y desayunamos juntos? –sugirió Imogen.

Travis le apretó la mano como advertencia.

–Sería maravilloso –contestó Eliza y se alejó.

Pero apenas se había dado la vuelta cuando Travis tiraba de ella por un pasillo. No la había agarrado por una oreja, ni la estaba pinchando con una aguja de hacer punto, pero estaba muy enfadado.

Entraron en la primera habitación que encontraron abierta y cerró con pestillo.

—No es asunto tuyo, Imogen.

Ella se irguió.

—¿Me estás diciendo que es asunto mío ponerla en su sitio? No lo creo. Y no intentes ponerme a mí en el mío. Mis instrucciones para esta noche eran que debía comportarme, y eras tú el que estaba siendo maleducado cuando ella solo quería pasar un rato contigo. No me parece una petición descabellada, precisamente.

¿Qué le pasaba?

—Se llama poner límites.

—¿En serio? Porque lo que a mí me parece es que te estás negando a perdonar. Dices que engañó a tu padre, no a ti, y él ha sido generoso y la ha dejado venir a la fiesta. ¿Por qué te molesta? ¿Qué es lo que pasa de verdad?

—No intentes meterte en esto, Imogen. No sabes nada.

—¿Y ella lo sabe? Yo he estado en la misma situación de odio en que está ella, Travis, y no es justo.

—No seas tan dramática. Yo no la odio. La veré con mis condiciones, no con las de ella o las tuyas.

—¿Por qué? ¿De qué tienes miedo? ¿De tener que admitir que los seres humanos no son perfectos? Dices que ella y tú os parecéis. ¿Por qué te resulta tan dramático verla equivocarse? ¿Porque hace que te des cuenta de que tú también podrías equivocarte?

–Da un paso atrás, Imogen, porque me estás poniendo de los nervios.

–Está bien –replicó–. No pierdas ni uno solo de tus preciados minutos. Yo tomaré café con ella.

–No.

–¿Qué es lo peor que puede pasar? Nunca me has contado nada de ti, así que difícilmente voy a revelar ninguno de tus secretos. De lo único que puedo hablar es de mí, y soy yo la que no salgo bien parada en nada de todo esto, así que tu reputación estará a salvo.

–Te lo advierto: no te metas.

–¡No me digas! ¿Tanta necesidad tienes de controlarlo todo? –se le acercó y le dio con un dedo en el pecho.

Él la agarró de inmediato por la muñeca.

–Es el control lo que estoy perdiendo a pasos agigantados, y no te va a gustar lo que puede ocurrir cuando acabe de perderlo.

–¿Y qué vas a hacer? ¿Someterme con un beso otra vez? ¿Demostrar que puedes controlarme? ¡Vamos, Travis! ¡Vamos!

«Dije cosas para hacerte daño».

Sí, lo había hecho. Había dicho cosas tan hirientes que lo estaba desafiando a que las volviera a decir.

Travis soltó una palabra gruesa y la besó en la boca. Ella le recibió con toda la ira que sentía y que mostró agarrándole el pelo y mordiéndole el labio inferior.

En un segundo, el beso pasó de la ira a la pasión. Su lengua buscó el interior de su boca, y ella gimió y se estremeció ante el asalto de sensaciones: su olor, su sabor, su fuerza y la dureza que notaba detrás de la bragueta.

La hizo retroceder hacia la cama mientras con una mano buscaba la apertura de la falda. Besándola en el cuello, accedió al calor de entre sus muslos y movió la mano hasta que ella asumió el ritmo de su movimiento.

–Travis, por favor…

Se levantó solo lo necesario para quitarle las bragas y colocarse de rodillas entre sus piernas, agarrarla por las caderas y besarla de nuevo en la boca para ahogar el grito que se formó en su garganta al sentir aquel contacto íntimo.

¿Por qué aquello? ¿Por qué hacerla sentirse así? ¿Por qué lanzarla a tal velocidad al éxtasis?

Se agarró a las sábanas y la visión se le congeló con el movimiento que iba ganando fuerza, al mismo ritmo que el placer que le nacía en el vientre y le recorría las piernas la iba arrastrando hacia el abismo.

Quería rogarle, pero no podía siquiera humedecerse los labios. La tensión crecía tan rápido que solo podía jadear y al final dejarse ahogar en aquel inesperado y dulce orgasmo.

Pero no era suficiente. Aun cuando su cuerpo seguía pulsando en un arrebato de éxtasis, seguía queriendo más. Lo quería todo de él. Quería que su cuerpo la cubriera por completo con su calor y su peso.

Pero se retiró.

Durante un segundo se quedó quieto, e Imogen pensó que quizás pretendía dominarla así. Viendo cómo la miraba, se supo completamente a su merced.

Entonces se quitó la chaqueta, la dejó caer al suelo y se abrió los pantalones. Su pene estaba rígido y preparado. Se acercó al colchón e hizo que abriera más las piernas y, poniendo las manos debajo de sus brazos, se colocó sobre ella.

Estaba mojada y la tomó con un único movimiento que le hizo brillar los ojos, reconociéndolo. Intentó poner una pierna por encima de él, pero la ropa no les dejaba hacer lo que querían, lo que proporcionaba una erótica mezcla de texturas y limitaciones. Travis empezó a moverse. Sus pantalones causaban fricción en la cara interior de sus muslos, los botones de la camisa se le clavaban en los pechos, la seda de su corbata le rozaba la cara y volvió a besarla apasionadamente mientras entraba una y otra vez, hasta lo más hondo. Un movimiento conocido, áspero y dulce.

Su cuerpo respondía a su posesión sacudiéndose en oleadas de placer. Cuando se agarró a ella para que sintiera la medida y la profundidad de sus embestidas, Imogen gimió, a punto de volver a caer por el precipicio. No quería que parara, pero no había cuerpo que pudiera soportar aquel nivel de intensidad hedonista.

Lo empujó aún más hacia ella. Más fuerte. Más rápido. Más. Ya.

Una luz blanca estalló detrás de sus ojos y sintió que caía. Cada parte de su ser se la llevó con ella y reverberaron juntos, ola tras ola, desintegrándose en todos los rincones del universo tras aquella explosión, juntos para siempre.

Capítulo 7

LA SENTÍA temblar bajo su cuerpo, aún con las sacudidas finales del clímax, la respiración todavía alterada, pero tenía miedo de abrir los ojos y enfrentarse a su mirada. Aquello había sido...

Había sido demasiado duro. Demasiado descontrolado. Y no solo eso...

—No hemos usado preservativo —dijo, obligándose a tumbarse junto a ella. La pérdida de su calor, de su suavidad y de su olor estuvo a punto de hacerlo gemir.

—¿Debería preocuparme?

—¿Por las enfermedades? No.

De hecho era casi como si hubiera sido virgen aquella noche. Nunca lo había hecho sin protección, ni siquiera durante su matrimonio.

—¿Tomas anticonceptivos?

—Tomaré una píldora del día después.

Una protesta se asomó a sus labios sin razón alguna. Sabía que esa precaución era lo mejor.

Se levantó sin que él aún hubiese encontrado qué decir. Ni siquiera las mangas del vestido se habían movido de su sitio. Cuando recogió sus bragas y entró en el baño, el único signo de su encuentro era el pelo revuelto y el lápiz de labios corrido.

Él se levantó también. Estaba en una especie de trance provocado por la brutalidad con la que se habían unido.

Imogen salió con el maquillaje retocado pero pálida, y no lo miraba a la cara.

—Imogen... —levantó un brazo para que se detuviera, pero lo hizo lejos de él–. ¿Estás bien?

—Por supuesto.

Pero su expresión era la misma que había visto después del beso en la boutique: que había hecho lo que él le había pedido por pura supervivencia. El corazón se le encogió.

—No queremos que nadie lo sepa. Tenemos que salir.

Llegó a la puerta, abrió el pestillo y lo miró un segundo antes de abrir.

Travis se quedó quieto un instante. Luego estiró la colcha de la cama y se detestó por borrar aquella pequeña prueba cuando en realidad lo que deseaba era aferrarse a su momento de pasión con las dos manos.

«Tú no me quieres. ¿Qué te hace pensar que otro iba a quererme?»

Esas palabras le habían dejado perplejo, lo mismo que descubrir la noche de bodas que era virgen. Era tan sensual, tan receptiva, tan sensible a la más mínima caricia. Recordaba haber sentido curiosidad, pero había preferido no preguntar, porque el pasado sexual nunca era un buen tema de conversación entre amantes.

«Dije cosas para herirte. Y funcionó».

Había tenido miedo de matar lo que una vez sintió por él al decirle aquellas palabras. De hecho se había pasado la noche propinándose patadas en el trasero por haber hecho algo así... y por sentir lo celos que no podía controlar. Además no tenía derecho a sentirlos, pero incluso lo ojos de Vito se habían iluminado por la sorpresa de verla así vestida, y eso que él estaba absorto en Gwyn al cien por cien. Todo el mundo la miraba, y no porque fuese su ex, sino porque estaba arrebatadora.

Se sentía orgulloso de estar a su lado, pero también amenazado. La deseaba, pero todos los demás también, y no había nada que le diera derecho a ella excepto quizás la obligación que Imogen pudiera sentir por la ayuda que le estaba ofreciendo.

Y luego para colmo, la presencia de su madre, recordándole que la monogamia era un ejercicio totalmente inútil. La presión estaba ya al máximo, y ver que Imogen intimaba con su madre fue la gota que colmó el vaso.

No es que quisiera castigar a su madre. No era tan mezquino. Pero la disculpa de Imogen diciendo que era humana había sido demasiado. Y entonces se había atrevido a besarlo. Y ya había sido imposible seguir fingiendo.

Cuando por fin consiguió calmarse para salir, al principio no la vio, hasta que poco después la localizó en la cubierta superior, hablando con su padre.

El terciopelo de su vestido tenía algunas arrugas. Cualquiera que lo viese pensaría que se debían a que se había sentado un momento, pero él sabía que había sido su propio peso lo que las había marcado, y se dirigió hacia ella deseando volver a hacerlo.

Se acercó y le puso una mano en la cintura.

—¿Bailamos?

Ella se volvió y en su mirada hubo una luz de tristeza momentánea.

—Discúlpame, Henry.

—Divertíos —contestó su padre con una sonrisa indulgente.

La complacencia de su padre comparada con la desconfianza de Imogen le puso el corazón en un puño.

—Solo me estaba hablando de algunos edificios, no sobre ti o sobre nosotros.

El dolor que sonaba palpable en su voz le reverberó en el pecho.

—No pretendía cortar vuestra conversación.

O quizás sí. ¿Qué sentido tenía dejar que su padre la conociera? Se había pasado por su casa aquel mismo día con una especie de explicación, que su padre había recibido apenas con una leve inclinación de cabeza.

Imogen seguía tensa. Era como llevar a un maniquí por la pista de baile, y cuando miró a su alrededor a ver si alguien se había dado cuenta, vio que Gwyn los contemplaba con el ceño fruncido.

La condujo hacia la proa, donde había una zona sin luz que les daría cierta intimidad.

—Imogen, yo…

—No digas que lo sientes. Eso lo empeoraría.

—Te he hecho daño.

Le ahogaban los remordimientos, y se colocó de

manera que los demás no pudieran verla. Quizás así, si ahora la abrazaba con ternura, borraría el apasionado abrazo de antes.

–Me lo he hecho yo. Creía estar demostrando algo, pero ahora solo hay una cosa más de la que preocuparse. ¿Y para qué? Nada ha cambiado.

Se apartó de él y se apoyó en la barandilla, conteniendo las lágrimas.

–¿Estáis bien? ¿Ha dicho algo tu madre?

Era Gwyn, que lo miraba preocupado.

Travis se tragó un improperio mientras Imogen fingía una brillante sonrisa.

–Es que estoy un poco mareada, pero por favor, no digas nada –se explicó–. Ya sabes qué clase de rumores desencadenaría. ¿Podrías traerme una tónica? –le pidió a Travis.

Se fue a buscarla pensando que nunca volvería a asistir a una fiesta que se celebrase en un barco. No había modo de escapar si el mar se ponía bravo.

Le dolían las mejillas de tanto fingir la sonrisa.

Era más de medianoche, pero el conserje del hotel se las había arreglado para localizar una farmacia de veinticuatro horas y comprar lo que le había pedido por teléfono desde el barco.

–¡Por amor de Dios! –exclamó al leer el modo de empleo del medicamento–. ¿Es que no puede haber algo fácil en esta vida?

Salió del baño y se encontró con Travis, que se estaba quitando la corbata. La chaqueta ya estaba en el respaldo de una silla.

—¿Qué pasa?

—¿Quieres mirar si estas dos pastillas son incompatibles? No tiene sentido tomárselas si el efecto de la una anula el de la otra —protestó, y le entregó el antibiótico y el anticonceptivo antes de volver al baño para desmaquillarse, tan desbordada y frustrada que estaba temblando.

Aún eran los efectos secundarios de su intercambio sexual. Después de que él le dijera que solo pretendía hacerle daño con las cosas que le había dicho en el pasado, lo cual significaba que no todo era verdad, había sentido un impulso perverso de calibrar su deseo. En parte era maravilloso descubrir que seguían siendo tan explosivos en la cama como durante su matrimonio, pero por otro lado había llegado también a la conclusión de que Travis era capaz de tener sexo con alguien que no le gustaba.

Devastador.

Entró en el baño y dejó las dos cajas sobre la encimera.

—Puedes tomarlas juntas.

Terminó de cepillarse los dientes, llenó un vaso de agua y se tomó la medicación. Luego sacó un anticonceptivo y se lo tomó delante de él para evitar posibles acusaciones si las cosas no salían como cabía esperar.

—Entonces, no hay nada de qué hablar.

—¿Y de qué íbamos a tener que hablar? Tú no quieres tener un hijo conmigo. De hecho ya te arrepientes incluso de haberme tocado. ¿Te importa?

Se giró levantándose el pelo para que le quitase el collar.

Travis lo hizo, pero la sorprendió que, después de dejarlo junto al lavabo, apoyara la cabeza entre su cuello y su hombro, sujetándola por las caderas.

—Solo siento no haber sido más delicado contigo. Me destrozas, Imogen —su tono de voz era triste—. Cuando estoy contigo así, nada más importa. Eres como una droga.

Una droga que hace daño y que es horrible. El corazón se le fue por el desagüe.

—Y lo odias. Me odias. Ya lo sé.

—No te odio, como tampoco odio cómo estamos juntos. ¡Ese es el problema! Eres tan fiera y peligrosa para mí, que olvido que también eres delicada y tierna, y que te magullas con facilidad.

—Estoy bien. No es la primera vez que tenemos sexo de esa clase. Si no me gustase, te lo habría dicho.

Travis respiró hondo y levantó la cabeza, pero soltó sus caderas para abrazarla y pegarla a su cuerpo.

Se sintió tan segura en ese momento que se apoyó en él y cerró los ojos.

—Estoy cansada del dolor, de la culpa y de los remordimientos —le confesó en voz baja—. Estoy cansada de ser una desilusión para todo el mundo.

—No lo eres.

Se apartó de él y se volvió a mirarlo.

—Tú no quieres esto. No me quieres a mí.

Apretó los labios y miró hacia otro lado. No a su propio reflejo en el espejo, porque parecía no poder soportarse a sí mismo.

—No quiero estar a merced de lo que tú me haces sentir. Siempre has sido demasiado para mí, y no lo suficiente. No sé cómo enfrentarme a esa fuerza, Imogen. Eres preciosa y apasionada, y yo te hago promesas que luego no puedo cumplir solo para poder tener el placer de tocarte. Te deseo más de lo que puedo soportar.

—Y yo no quiero ser tu impulso autodestructivo, Travis. Lo que yo quiero es…

Quería que la amara. Que ese deseo durara para siempre. Ese había sido su pensamiento desde el primer momento, cuando aún era joven e idealista y había sucumbido a una semana de pasión ciega. Se había reservado para su marido convencida de que, si un hombre se casaba con ella, significaría que la amaba.

Pero ahora era mayor y más sabia.

—Quiero gustarte —se sinceró con voz temblorosa—. Un poco al menos. Sé que no puedo pretender que un hombre me complete, pero deberíamos poder ofrecernos el uno al otro algo más que orgasmos. Un compromiso de por vida era una expectativa poco realista para los dos, lo sé. Deberíamos haber tenido simplemente una aventura hace cuatro años, pero tenerla ahora es una locura. Tú estás resentido conmigo. Para ti soy pura caridad. Es demasiado desigual.

—No es caridad. Te estoy ayudando porque quiero hacerlo, Imogen. Porque me importas, y no me lo perdonaría si no lo hiciera.

Puso las manos en su cuello y la miró a los ojos.

«Porque me importas». Una esperanza ridícula y descabellada comenzó a palpitar en su pecho como un pájaro encerrado en una jaula.

—Pero confiar me resulta difícil —admitió—. No todo es culpa tuya. No confié en ti cuando nos casamos y, sin embargo, no tenía una sola razón para hacerlo.

—Entonces estuve a la altura de tus expectativas más bajas.

—¿Y tú? ¿Hasta qué punto confiaste en mí?

—No me lo preguntaste.

—Eso es cierto, pero esta es la oportunidad de que tengamos la clase de relación sin ataduras que debimos tener entonces, sin añadir presiones por el matrimonio u otros motivos.

—¿Sin expectativas de ninguna clase? ¿Ni siquiera de futuro?

Lo dijo con palabras para que los dos entendieran las reglas, aunque fuese como si le clavaran una estaca en el corazón.

—Sí.

No era algo tan terrible. Sentía algo por ella y si eran capaces de bajar las defensas y renunciar a las armas, lograrían una aproximación a la paz que tan desesperadamente necesitaba. Ya era algo.

Puso una mano sobre la de él y le besó la muñeca, y Travis la acercó para besarla en la boca. Fue pura magia el encuentro. Todas las emociones se transformaron en puro magnetismo, intenso y eléctrico, sellándolos. Su beso fue urgente pero tierno. Apasionado pero dulce.

Permanecieron así durante un buen rato, recorriéndose con las manos por encima de la ropa. Ella hundió los dedos en su pelo cuyo contacto le era tan familiar y tan querido. El le agarró las nalgas y le fue dando pequeños mordiscos en el cuello, riéndose cuando ella se estremecía.

—Sigue siendo mi debilidad.

—Pienso ir a por tu cintura después —le prometió.

Travis la tomó en brazos y la miró de tal modo que Imogen se convenció de que era alguien que valía la pena. Cerró los ojos para no empezar a creer en lo imposible y él la dejó a los pies de la cama, y cuando volvió a besarla, lo detuvo.

—Quiero verte —le dijo, y empezó a buscar los botones de su camisa—. Quiero sentirte.

Pero él se la sacó de los pantalones y se la quitó por la cabeza. Cuando uno de los puños se le quedó atascado en la mano, maldijo como si fuera algo terrible, y ella se echó a reír.

—¡Tenemos toda la noche!

—No entiendes lo mucho que deseo estar desnudo contigo —murmuró, y por fin consiguió sacarse la manga. Luego fueron los pantalones y la ropa interior en un rápido movimiento.

Se incorporó y verlo la hizo derretirse. Los años habían añadido masa muscular a su pecho y a sus hombros, lo que hacía que su abdomen plano y su cintura resultaran más sexys que nunca. Estaba preparado, y su pene erecto palpitaba sobre las columnas que eran sus muslos.

A pesar de lo intimidatorio que resultaba, sus manos fueron increíblemente delicadas al bajarle el vestido. Sus pechos quedaron al descubierto y sus pezones, ya endurecidos, se enardecieron aún más al ver que él la miraba como si hubiera descubierto un tesoro.

Continuó moviendo las manos hacia abajo y el vestido siguió cayendo, con lo que quedó arrebujado a sus pies, dejándola únicamente con un tanga azul oscuro y los zapatos de tacón de terciopelo negro.

Su respiración se tornó audible e inestable cuando la miró de arriba abajo, y un calor humedeció el tanga cuyo elástico él rozó con un dedo.

Muy despacio, terriblemente despacio, le bajó el tanga centímetro a centímetro, lo que la obligó a morderse los labios.

—No cierres las piernas.

—Travis…

—Lo sé. Yo también te deseo, pero déjame verte.

El encaje llegó por fin al suelo, dejándola a merced del tormento de sus caricias. Reconoció, excitó y la hizo gemir con unas caricias que solo excitaban, no liberaban.

Ella rodeó su pene con la mano para enviarle el mensaje de lo que necesitaba de él y Travis, maldiciendo entre dientes, empujó mientras ella lo tenía en la mano. Se besaron locamente. Sin cortapisas. Besos húmedos, ardientes y con tanta lujuria que temió salir ardiendo. Se frotó contra él, necesitando sentir la aspereza de su vello en los pezones, y colocó una pierna en su cadera, deseando que el pene que rozaba su carne la invadiera y la satisficiera por fin.

De pronto se encontró tumbada de espaldas, con él encima, mirándola a los ojos.

—Esta vez tengo que hacerlo bien —dijo, colocándose un preservativo.

—No puedo esperar.

—Toma lo que quieras —le ofreció, tumbándose boca arriba—. Luego lo haré yo.

Se colocó de rodillas y se sentó sobre él para que

su pene la penetrase, y comenzó a moverse mientras él torturaba sus pechos. Pero Imogen tenía hambre, mucha hambre, y siguió moviéndose aun estando perdida en el éxtasis del clímax. Aun así no paró, y siguió montándolo hasta alcanzar un segundo orgasmo, más fuerte y más satisfactorio que el primero.

Solo entonces se derritió sobre él.

—Gracias —murmuró.

—Oh, no preciosa mía. Esto ha sido para mí, y has estado increíble. Pero ahora te voy a dar algo para que de verdad puedas estarme agradecida.

La hizo tumbarse boca arriba y fue descendiendo a base de besos, mordiscos y lamidas, deteniéndose primero en un pezón, luego en el otro, tomándose su tiempo, para luego bajar hasta su ombligo y morder sus caderas antes de soplar suavemente entre sus piernas.

Imogen se revolvió y el tacón de su zapato se enganchó en la sábana. Travis se puso de rodillas y con sumo cuidado le fue quitando los zapatos, mordiéndole las pantorrillas.

Viéndola cada vez más excitada, la hizo darse la vuelta con la intención de morderle las nalgas antes de separarle las piernas y empezar a jugar con sus pliegues húmedos. Imogen no podía ni hablar.

—Podría hacer esto eternamente —dijo, acercándose a su nuca—. Tocarte, saborearte…

Y puso su pene entre sus nalgas. Permaneció así, moviéndose, aplastándola bajo su peso, abrasándole la piel, grabando en ella su olor como un animal. Puede que fuera dominancia, pero a ella le pareció otra cosa. Ni su fuerza ni su poder pretendían hacerle daño. Le estaba recordando que podía confiar en él.

Cuando se levantó lo suficiente para que pudiera darse la vuelta, la besó tiernamente y ella se abrió como una flor, facilitándole la entrada entre sus piernas, aceptando su miembro con un movimiento de las caderas.

Quedó perdida en aquella sensación, acariciándolo, gimiendo de gozo con cada embestida, lamiéndole la boca, dándose rienda suelta. Ofreciéndose sin reservas.

—Mírame —le pidió, apartándole el pelo de la cara.

Apenas podía abrir los ojos y, cuando lo hizo, la intimidad fue casi demasiado. La sostenía en un precipicio tan vertical que estuvo a punto de gritar, su cuerpo palpitando a la espera de la liberación.

—Es el momento —dijo él, y su voz sonó hipnótica—. Ven conmigo.

Y comenzó a moverse con acometidas firmes que dieron rienda suelta a nuevas oleadas de placer, más intensas y más ambiciosas, hasta que juntos cayeron por el precipicio, aferrándose el uno al otro mientras el mundo se hacía pedazos a su alrededor.

El teléfono la arrancó del sueño, y al despertar recordó que no estaba sola en la cama.

Travis pasó por encima de ella para contestar.

—Sanders.

Su voz sonaba tan sensual que hizo que se le estirasen los dedos de los pies. Habían hecho cuanto había estado en su mano para reescribir el *Kama Sutra* la noche anterior, y se habían quedado dormidos abrazados. La conversación había versado únicamente sobre lo que querían y se había sentido suya de nuevo. Su amante, su esposa, su mujer.

«Cuidado, Imogen».

Quien llamaba era una mujer, aunque no intentó escuchar lo que decía.

—Te vemos en un rato —dijo y colgó—. Mi madre estará abajo en treinta minutos —explicó, dándole un azote por encima de las sábanas.

—Ah. Tenías razón. Lo del desayuno ha sido una mala idea —concedió, y se tapó la cabeza con la sábana—. Ya puedes disfrutar del «telodije».

Travis no dijo nada. Se limitó a acercar su miembro a sus nalgas.

—¿Estás loco?

—Quiero quedarme en la cama, de modo que sí, estoy loco.

Bajó la sábana y lo miró. Allí estaba el hombre del que se había enamorado, indiscutiblemente masculino con sus largas pestañas y su mirada de animal orgulloso mientras contemplaba sus labios.

—Loco me dejaste tú anoche. Fue fantástico.

—No estuvo mal —se rio ella, dándole con el codo en las costillas.

Travis la besó en la boca.

—A la ducha —declaró—. Por separado, o no saldremos de esta habitación durante una semana.

Travis no tenía nada contra su madre, a pesar de la acusación de Imogen. Se había enfadado, eso sí, cuando su infidelidad había pasado a ser del dominio público. Su padre había quedado destrozado y se había dado a la bebida, de modo que a él le preocupaba y mucho dejarlo solo cuando tenía que ir al colegio.

Por eso se negaba a dejarlo solo para ir a visitar a su madre, y únicamente iba cuando no podía evitarlo. Vivía con su amante, y para él era muy incómodo. Ya era lo bastante mayor para decidir dónde iba y durante cuánto tiempo y sí, seguramente la castigaba con su ausencia.

Cuando acabó la carrera y se mudó a Nueva York, con llamarla de vez en cuando tuvo suficiente.

¿Cabía la posibilidad de que los actos de su madre le hubieran dejado huella siendo un adolescente y que por ello considerara que todas las mujeres eran volubles? Quizás. Otro motivo más para pensar que su matrimonio con Imogen no iba a durar.

¿La odiaba y la culpaba de ello? ¿Quería castigarla? No. Simplemente no tenía mucho que hablar con ella.

Pero cuando se sentó al otro lado de la mesa, reparó por primera vez en que estaba envejeciendo. Habían aparecido arrugas en su belleza natural, y se preguntó si Imogen no tendría razón. Quizás había sido injusto con ella, evitándola durante tanto tiempo.

Dejó que Imogen llevara el peso de la conversación, aunque había sin duda cierto peligro en dejar que hablase de ellos como pareja ya que, aunque lo eran, tenían el sello de «temporal».

Esa palabra le provocaba una tensión interior que prefería no analizar.

Tras la conversación banal, llegó el momento en que su madre le dirigió una mirada preocupada. Llegaba el momento de saber cuál era el objetivo real de aquel encuentro.

—Ni siquiera sabía que Travis se había casado.

—Nadie lo sabía —contestó Imogen, arrugando la nariz—. Éramos jóvenes. Yo era muy joven. Acababa de cumplir veinte, y nadie debería embarcarse en un compromiso de por vida antes de los veinticinco como mínimo.

—¿Qué edad tienes ahora?

—Veinticuatro —sonrió.

—Es posible que esa fuera la razón de que mi matrimonio no funcionase —reflexionó ella tras un instante de silencio—. Eso, y la diferencia de edad entre nosotros.

Travis iba a calificar aquello de excusa. Su madre se aprovechaba de la situación y se excusaba así por su comportamiento, pero aunque sabía que era dieciocho años más joven que su padre, nunca había dado un paso atrás para analizar esa diferencia y cómo podía haber afectado a su matrimonio.

—¿Henry era tan ambicioso como Travis? —preguntó Imogen—. Eso me resultaba difícil de digerir. Yo lo estaba intentando en lo mío sin éxito, mientras que él iba ya camino de las estrellas —explicó, y puso un mano en el brazo de Travis—. No es una crítica. Yo estaba entusiasmada por ti, pero tal y como estaban las cosas con mi padre, me resultaba duro ver como el éxito te esperaba a cada vuelta de la esquina mientras yo seguía atascada.

Había dejado de preguntarle a Imogen por su trabajo cuando ella le había explicado sucintamente que su padre había tenido que dejar fuera el reportaje de su entrevista. En aquel momento, esa breve explicación le hizo desconfiar y pensar que lo había entrevistado solo para que mordiera el cebo. Había llegado a la conclusión de que no era completamente sincera con él, y resultó que en efecto le estaba ocultando algo, pero no lo que él se había imaginado.

–Henry era todo un personaje entonces –contestó su madre con admiración teñida de tristeza–. La gente le pedía que se metiera en política. Nos reíamos diciendo que yo era su mujer florero –su humor se volvió más ácido–. En cierto sentido, lo era. Se encontraba en un punto de su vida en el que estaba preparado para tener un montón de hijos, pero estaba tan ocupado en abrirse camino que rara vez tenía tiempo para el hijo que ya tenía. A mí la maternidad me desbordó un poco, e intentaba ser feliz como madre y esposa, apoyando a Henry, pero tenía la sensación de que mis mejores años se me estaban yendo de las manos –miró a Travis de nuevo, rogándole que comprendiera–. No es que careciera de ambición. Lo que pasaba es que no tuve ocasión de intentarlo.

Travis clavó la mirada en la taza de café. Su madre se había marchado para abrir una cadena de boutiques, y lo cierto es que le había ido bastante bien. Nunca le había pedido ayuda. Ciertamente, nunca le había pedido ayuda para nada.

–Me sentía aislada mientras Henry era requerido en mil direcciones. Era difícil creer que me quisiera cuando su atención nunca estaba en mí. Fue al herirle tan hondo que no pudo perdonarme cuando me di cuenta de lo profundos que eran sus sentimientos hacia mí.

–Pero te ha perdonado –adujo Imogen–. Anoche os vi bailando. Daba gusto veros. Os movíais de maravilla.

Su madre sonrió, pero la sonrisa no le llegó a los ojos. Aún miraba a Travis, esperando su reacción, buscando una especie de capitulación.

–La infidelidad lo rompe todo. Si lo único que se interpusiera entre nosotros fuera mi inmadurez, volvería a intentarlo aun ahora –declaró.

Un conocido se acercó a su mesa, lo que les obligó a cambiar de tema, y el resto del desayuno transcurrió sin más, pero, hacia al final, Imogen se disculpó para ir al baño, buscando el momento de dejar que Travis pudiera hablar a solas con su madre.

–Me gusta –dijo ella con una cálida sonrisa.

Él no dijo nada, y su sonrisa se deshizo.

–Travis, es culpa mía que no puedas abrir tu corazón…

–No lo es –cortó–. Yo no entiendo para qué sirve el matrimonio. No me digas que para tener hijos cuando acabas de decir que la maternidad fue para ti como una condena. No es un compromiso de por vida. Los dos lo hemos demostrado, así que, ¿para qué molestarse? Es una farsa de la sociedad que no sirve para nada.

Dejó la taza en la mesa. El café le había dejado un regusto amargo.

Su madre se quedó un poco descolocada y parpadeó varias veces.

–Yo no estaba hablando del matrimonio, sino del amor.

–También es algo temporal.

Si es que existía.

—Estamos en un buen momento, madre. No quiero estropearlo.

—¿Ah, sí? Eso es lo que pensaba tu padre sobre nosotros y mira cómo salió.

Cuando Imogen volvió se encontró con que Travis miraba con el ceño fruncido a su madre. La reconciliación que esperaba no había llegado, lo cual le hizo sentirse mal por haber forzado aquel encuentro. Ya no quedaba más tiempo que el necesario para hacer las maletas y desplazarse a casa de Henry para celebrar la Nochebuena.

Al menos allí los niños resultaron ser una distracción, pero cuando los acostaron la situación se volvió un poco incómoda.

Vito estaba sirviendo con generosidad un vino con etiqueta de la familia, y se hallaban sentados en torno al árbol de Navidad cuando Gwyn le preguntó si no echaba de menos celebrar las fiestas con su propia familia.

—No queda nadie —contestó, y a continuación le explicó que había perdido a su madre y a su hermana cuando era bastante joven, y que su padre había fallecido el año anterior.

—Entonces es tu primera Navidad sin él. Lo siento mucho.

—Tampoco lo celebrábamos, así que lo de hoy ha sido muy agradable. Gracias por incluirme.

Todos la miraron como siempre que decía que no celebraban la Navidad, como si pretendieran averiguar si el motivo era religioso o de otra naturaleza.

–¿No hacíais nada especial?

–A veces poníamos el árbol, pero…

Y se encogió de hombros.

Cuando un rato después se fueron a la cama, Travis le preguntó:

–¿No te hacía regalos de Navidad tu padre?

–Por favor… –le dijo, haciendo una pausa mientras se quitaba la ropa–, no estropees una velada tan agradable –terminó de quitarse la falda y la dobló–. Y no te sientas obligado a hacerme un regalo mañana para compensar. Me sentaría mal.

–¿Por qué?

–Porque sería caridad.

La rodeó con los brazos y añadió:

–Le odio, ¿sabes?

–No malgastes tu energía.

–Si insistes.

Y decidió usar su energía para hacerle el amor con ternura.

A la mañana siguiente la despertó con una taza de café con crema montada salpicada de virutas de chocolate.

–Los enanos están despiertos y como locos por abrir sus regalos. ¿Quieres abrir esto aquí, o abajo?

Le quitó la bandeja y le puso en el regazo una pequeña caja envuelta con papel dorado y una cinta brillante.

–Te dije que..

–Te quedaban tan bien que decidí no devolverlos.

Iba a regalártelos de todos modos –mojó el dedo en la crema y le untó la nariz–. Di gracias.

–¿En serio?

Se limpió la nariz y, a pesar de todo, se moría de ganas por abrir la caja. Travis tenía un gusto magnífico en joyería.

–Sí, en serio. Feliz Navidad.

Por primera vez en más de diez años, iba a serlo. La emoción no le dejaba hablar, pero se inclinó y lo besó en los labios.

–Gracias.

Imogen se había pasado los últimos cuatro años culpándose por la ruptura de su matrimonio, convencida como estaba de que no había aportado nada a su relación. Para cuando recibió la demanda de divorcio con un acuerdo que ratificaba lo suscrito en su acuerdo prenupcial, ya ni siquiera se hablaban, y ella se sentía pequeña y rechazada, indigna de su amor, de modo que no le había sorprendido que no quisiera seguir casado con ella.

Los dos días de tregua pasados con su familia y haciendo el amor le recordaron por qué se había enamorado de él. Era un hombre inteligente que siempre la escuchaba aun cuando estuviera inmerso en un intenso debate, tal y como había ocurrido con Vito sobre inversiones. Era un caballero y sí, un obseso de la limpieza, pero le agradaba que le colgara el abrigo y que le limpiara un poquito de harina que se le había quedado en la mejilla.

Y verlo con sus sobrinos era otra faceta más, la

clase de relación que hacía que una mujer pensara en la maternidad.

Pero de vuelta a casa, se había pasado el vuelo con los cascos puestos trabajando en el ordenador, y luego no había parado de hacer llamadas mientras el coche los llevaba a la ciudad.

No le dolía tanto como la entristecía. ¿Era la ambición lo que le empujaba a dejarla fuera, o era una especie de castigo después de la confianza que habían tenido aquellos días? Debía tener presente que no le había hecho ninguna promesa, y no podía imaginarse lo contrario. Encontrar el modo de protegerse el corazón era un desafío.

–¿Me has oído? –preguntó él, rozándole el brazo.

Había salido a la terraza del ático y andaba perdida en sus pensamientos.

–Eh… sí –contestó–. Bueno, no –admitió acto seguido–. No sé lo que me has dicho.

–Que tengo que acercarme un momento a la oficina –repitió, divertido–. ¿Dónde estabas?

–Pensando en que tengo que pedir una cita con el médico.

No estaba mal como comienzo de autoprotección.

Él frunció el ceño.

–¿Te duele el oído del vuelo?

–No. Quiero que me recete la píldora.

–Si utilizamos… –empezó, pero calló–. Seguramente es lo mejor. Gracias.

Algo enigmático pasó por su expresión, pero se deshizo de ello enseguida.

–Dime cuándo tienes que ir para organizarte el coche.

–Gracias. ¿Quieres que cocine algo esta noche?

–No tienes por qué hacerlo.

–Entonces, ya nos veremos. Me arreglaré con lo que haya en la nevera.

Puso las manos en su pecho e iba a darle un beso de despedida cuando él la interrumpió.

–Lo que quiero decir es que podemos salir a cenar si lo prefieres. Solo voy a estar fuera una hora.

–Ya. Eso ya lo he oído antes. Ya nos veremos –repitió, y lo besó en la mejilla.

Él la sujetó por los brazos.

–Eso suena a reprimenda.

–En absoluto. Tienes más cosas que hacer que antes, aunque yo ocupo una porción de tiempo aún menor que cuando estábamos juntos. Lo acepto. Utilizaré el tiempo de que dispongo para buscar trabajo. Rowan me ha escrito, y me parece que puede tener algo.

Nic me ha pasado tu artículo sobre Travis, espero que no te importe. Me gustaría saber qué podrías hacer con la historia de mi madre, si se diera el caso.

No es que se lo tomara muy en serio, pero escribirle una propuesta era un buen ejercicio.

–Lo que le dijiste a mi madre… hace cuatro años, yo estaba muy ocupado creciendo, iniciando proyectos que eran más grandes que los que había manejado hasta entonces, y no tenía ni idea de lo que estaba pasando con tu padre. Tienes razón en que tampoco pregunté, pero aun así, mi intención no era menospreciarte cuando anteponía el trabajo a pasar tiempo contigo.

—Lo sé, y no espero que ahora sea yo tu prioridad —sonrió, aunque se le encogió el pecho—. Lo siento por tu madre. Me gustaría que pudierais tener una relación más estrecha.

—No es fácil —contestó, y se volvió a mirar por la ventana—. Cuando te dije que mi padre empezó a beber cuando ella se marchó, no me refería a que se tomara una copa, sino a que se metió en una botella y no hubo modo de sacarlo. Ahora está de maravilla, pero entonces fue horrible. Yo aún estaba en el instituto, y de pronto me convertí en el padre. Tenía que acostarlo, tenía que obligarlo a ir a trabajar. No podía dejarlo solo para irme con ella. Tenía miedo de lo que pudiera hacer. Por eso dejé de verla.

—¿Nadie te echó una mano? ¿Y tus tíos?

—Mi padre ni siquiera admitía que mi madre se había marchado y se negaba a comprender por qué. Su empresa se estaba resintiendo. Por eso tuve que hacerme cargo. No le culpo por beber, pero no podía abandonarlo cuando ella acababa de hacerlo. Nos fuimos separando por todas esas razones —su perfil parecía de granito—. No puedo fingir que todo va bien.

—¿Cuánto tiempo estuvo así, bebiendo? La otra noche me pareció que estaba bien.

—Lleva años sobrio. Empezó a ir a las reuniones cuando yo me marché a la universidad. No sabía si irme o no, pero él lo estaba intentando de verdad. Luego me enteré que era porque se estaba viendo con la madre de Gwyn. Era conserje en su edificio.

No sabía qué pensar y cada vez que iba a casa era para ver cómo estaba. No es que lo eligiera por encima de mi madre, y no le guardo rencor. Es cierto que el otro día dijo algunas cosas que me molestaron, pero si se ponía enferma, o si tenía algún problema, me tenía ahí. Pero lo demás es nostalgia, y yo no soy una persona particularmente sentimental.

Eso era una advertencia, seguro.

—¿Fue bueno para él? Lo de la madre de Gwyn, quiero decir.

Travis se encogió de hombros.

—Él dice que sí, pero ella enfermó enseguida. Se pasó la mayor parte de su matrimonio llevándola a tratamiento, y se quedó destrozado cuando murió. Afortunadamente Gwyn estuvo allí, y ella le daba motivos para seguir estando sobrio, ocupándose de él mientras yo me marchaba a Nueva York, pero...

Se preguntó si habría tenido alguna buena experiencia con el amor.

—Seguía estando siempre preocupado por él —continuó—. Una de mis estrategias para superarlo era enterrarme en trabajo. También interpuse el trabajo entre nosotros cuando nos casamos. Me había puesto unas metas muy altas y mi deseo de pasar tiempo contigo era una amenaza. Ahora es al revés —su voz se suavizó—. Estoy intentando acabar unas cuantas cosas para que podamos irnos a Hawái.

—¿En serio? —se sorprendió—. ¿Quieres que caminemos por la playa de la mano hacia la puesta de sol?

Era una broma, pero también una idea tentadora. Un deseo más bien.

–Entre otras cosas –sonrió, pero tomó su mano y la besó en los nudillos, transmitiéndole la idea de que no era solo sexo lo que quería de ella.

Que para él pudiera ser una prioridad era una noción tan dulce y embriagadora que a punto estuvo de echarse a llorar, pero disimuló arrugando la nariz y empujándolo hacia la puerta.

–Entonces, ¡a trabajar!

Capítulo 8

TRAVIS la había engañado, pensó Imogen el último día que iban a estar en Hawái. Aquello no había sido la relación pasajera que se suponía que iban a tener. Aquello había sido una luna de miel en toda regla.

Tras un día de reuniones en Honolulú, se habían desplazado al nuevo complejo que Travis iba a construir durante los siguientes tres años. Había reservado para ellos un bungaló, que en realidad resultó ser una villa de tres plantas y seis dormitorios con una piscina infinita y un camino que conducía a una increíble laguna. Trabajaba medio día y el resto se dedicaban a flotar en la piscina, a hacer esnórquel en la laguna y a hacer el amor en la intimidad del palaciego dormitorio principal.

—No quiero irme —musitó. Era la última noche, y estaba en la barandilla de su balcón con un caftán por toda ropa, contemplando la puesta de sol.

—Yo tampoco.

Estaba detrás de ella y se apoyó contra su pecho.

—¿Has enviado tu propuesta?

Imogen le acarició el mentón.

—No es que espere que vaya a salir algo, pero ha sido un detalle que me hayan dejado intentarlo.

–Yo no creo que Nic lo haga solo por ser amable.

–Rowan, sí.

La esposa de Nic llevaba un par de años buscando un biógrafo, aunque no se había puesto a ello muy en serio.

–La propuesta es una buena tarjeta de visita, pero no espero poder pagar las facturas escribiendo. Al menos, no de momento. He solicitado algunos puestos en Nueva York que puedo conseguir.

–¿De qué se trata?

Su mano se deslizó dentro de su caftán para tomar con dos dedos su pezón y masajearlo suavemente.

–Mm… –ronroneó, frotando su cadera contra la erección ya notable–. Nada inspirador. Escanear documentos para el conservador de un museo. Creo que la habilidad principal que se requiere es capacidad para soportar el aburrimiento.

Intentó volverse, pero él no la dejó.

–No te metas en algo que detestes.

Llevaba el pelo recogido, así que le besó el cuello y el lóbulo de la oreja, mordiéndolo hasta el punto en que amenazaba con doler.

–Hay que ir dando pasos –contestó casi sin aliento–. También me he inscrito en la lista de espera de apartamentos de renta financiada.

La mano que tenía en su pecho apretó primero y tiró de su pezón después, haciéndolo girar.

–Vámonos a la cama –murmuró, frotando sus nalgas.

–Todavía no –fue bajando una mano por su vientre hasta llegar a su monte de Venus, y gimió al encontrarlo desnudo y húmedo–. Quiero hacerte el amor aquí mismo.

Sintió que la empujaba por detrás y se inclinó hacia delante hasta apoyar los antebrazos en la barandilla, al tiempo que abría las piernas para que pudiera tocarla más íntimamente.

—Podrían vernos.

—Solo estamos nosotros aquí.

Le levantó el borde del caftán y pegó sus muslos a los de ella, pidiendo entrada.

Antes de salir de Nueva York, había ido al médico y ahora estaba protegida. Se arqueó para recibirlo y gimió porque estaba un poco irritada. Hacían el amor constantemente.

Travis avanzó despacio y sin dejar de acariciar el punto donde estaban unidos, explorando, incitando, y cuando el orgasmo llegó, Imogen le clavó las uñas en el brazo, estremeciéndose.

Pero él siguió excitándola con caricias y movimientos.

—No puedo pensar en otra cosa en todo el día. En estar dentro de ti, sintiéndote temblar y desbordarte.

—Yo tampoco —admitió, moviéndose al ritmo de sus embestidas. Su necesidad de él le hacía sentirse desesperada y asustada porque, a pesar de todo lo que estaba haciendo para tomar su propio camino, sabía que iba a matarla tener que vivir sin él.

Cuando la abrazó con más fuerza y su fuerza se hizo más eléctrica, se abandonó al placer gimiendo, pero Travis quería más. Sus pantalones ya habían desaparecido y su caftán corrió la misma suerte antes de que la tomara en brazos para llevarla a una gran tumbona.

Se quedaron allí toda la noche, unidos y acariciándose, besándose y dándose placer, sin querer irse a la cama y poner punto final a aquella noche en el paraíso.

Travis no se había dado cuenta de hasta qué punto se había acostumbrado a que Imogen lo estuviera esperando en casa al llegar hasta que un día no la encontró allí.

Aquellos días cortos del mes de enero provocaban que, cuando llegaba a casa del trabajo, ya estaba oscuro fuera, pero se encontraba las luces encendidas en las habitaciones principales, lo mismo que la chimenea, e invariablemente cocinaba algo que olía maravillosamente. Siempre le ofrecía un beso al llegar y seguía con lo que estuviera cortando.

Habían pasado ya dos semanas desde su vuelta de Hawái, y su aventura juntos había durado una semana más que su matrimonio. Pero el ático estaba vacío, la cocina inmaculada y el portátil de Imogen no tenía el salvapantallas, sino que estaba completamente apagado. Tenía una cita para comer con Rowan, pero eran ya las cinco de la tarde.

Le escribió en el teléfono y recibió enseguida una respuesta.

Vuelvo en veinte minutos.

Se sirvió una copa. ¿Se había preguntado si un hombre provocaría su retraso? Quizás, pero apartó ese pensamiento.

Se acercó al ventanal, un lugar que solían ocupar al final del día para charlar. «Esta podría ser mi vida», pensó. Imogen podía ser una presencia constante en ella, con su peculiar sentido del humor, sus comidas, sus distracciones eróticas, sus zapatos y sus horquillas del pelo, pero llenando su entorno con su voz y otros signos de vida.

«¿Durante cuánto tiempo?» se preguntó. El matrimonio no duraba para siempre. Nada duraba para siempre.

El ascensor sonó y ella entró, sonrosada y sonriente, con el vestido verde que él le había comprado aquel primer día que estuvo allí. Le quedaba más ceñido ahora que había recuperado un poco de peso. Sus pechos asomaban por el escote y el cinturón no era ya un aro suelto, sino un destello de oro que enfatizaba la curva de sus caderas.

Pero el modo en que se quitó los zapatos para irse directa hacia él fue lo que le aceleró el corazón. Cuando le rodeó el cuello con los brazos y le plantó un beso en los labios, su energía lo recorrió como una corriente.

La alzó del suelo para que quedase a su misma altura.

—¿Has ganado a la lotería? ¿Por qué estás tan feliz?

—Yo siempre estoy feliz, pero sí, más o menos.

Estaba incandescente y lo retenía cautivo con aquella sonrisa que no abandonaba sus labios, el brillo de aquellos ojos, el aire de magia que vibraba a su alrededor.

—¿Dónde estabas?

–Con Rowan. Cuando terminamos de comer, no habíamos terminado con la conversación, así que nos fuimos a su casa. Me ha ofrecido un contrato.

–¿Para la biografía?

–¡Sí! Le dije que era una locura, que hay otras personas más cualificadas, pero cada vez que intentaba disuadirla, me ofrecía más dinero.

–¿Y por qué ibas a disuadirla? ¡Es fantástico! Celebrémoslo.

Fueron a la nevera de los vinos y sacó una botella de champán.

–Aún no he firmado nada. Quería hablarlo contigo antes.

–Siempre que la compensación sea justa, yo diría que es una oportunidad espléndida –sacó dos copas–. Deja de preocuparte porque no seas lo bastante buena. Lo eres, o no te lo habría propuesto.

–Pero nunca me he metido en algo tan grande. Nic tiene a un tío trabajando en la biografía de su padre y ya ha escrito siete, y le pregunté a Rowan si no podía copiarme. Ella se echó a reír y me dijo que por eso me quiere a mí. Que tenemos el mismo sentido del humor y se siente cómoda conmigo hablándome de su niñez. Supongo que la relación con su madre debió ser difícil a veces. Necesita alguien en quien confiar para encontrar el equilibrio entre la verdad y la delicadeza.

Quitó el corcho y una pequeña explosión de burbujas salió por el cuello de la botella antes de que sirviera el champán en las copas.

–Y te ha elegido a ti. Bien hecho. Estoy orgulloso de ti.

Imogen dudó antes de brindar y lo miró a los ojos. Ella los tenía llenos de lágrimas.

–¿De verdad?

Su corazón latió a toda velocidad y a punto estuvo de dar una vuelta de campana. ¿De verdad nadie le había dicho nunca que estuviera orgulloso de ella? ¿Nunca?

–Sí –la emoción le bloqueó la garganta–. Mucho.

Chocaron las copas y tomaron un sorbo.

–Hay un pequeño inconveniente si acepto –dijo, con cierto nerviosismo.

–¿Qué es? –preguntó, sintiendo una presión en el pecho.

–Que tendré que viajar bastante a Grecia, sobre todo al principio. Accedería a que me trajera algunas cosas, pero hay mucho que revisar. Cartas, fotografías, patrocinios, y demás. Todo muy flexible. Volveré para la inauguración del hotel en Florida... si aún quieres que te acompañe.

–Te marchas.

Acababa de oír el silbato del tren en la distancia.

–Rowan va a llevar a los chicos de vuelta a Grecia a finales de semana, y quiere que me vaya con ellos, ya que tendrá algo de tiempo para que podamos empezar. Por eso le he dicho que antes quería hablar contigo.

No tenían ningún compromiso, y no podía retenerla a menos que estuviera preparado para tenerlo. Se guardó la mano en el bolsillo y el diamante del anillo de pedida le raspó la palma.

–Si firmo el contrato... la cantidad inicial es bastante generosa. Podría encontrar un apartamento decente para...

–No es necesario –se oyó decir, la mirada puesta en las burbujas de la copa.

–¿No te hace cambiar de opinión sobre que me quede aquí, ahora que tengo otras opciones?

–No. Quiero que te quedes.

Lo quería tanto que le daba miedo.

–¿De verdad? –sonrió, temblorosa.

La intimidad emocional del momento estuvo a punto de hundirlo. Odiaba sentirse tan vulnerable.

–Claro –contestó a regañadientes–. Ven aquí.

Dejó la copa y abrió los brazos.

Tuvo que recordarse que debía ir con cuidado, porque la bestia se estaba despertando. La bestia codiciosa que era posesiva y territorial, la que necesitaba marcarla como de su propiedad.

Pero ella se mostró tan intensa como él. Tan intensa al hacer el amor de un modo crudo y elemental, una intensidad que le confirmó que sentía la misma necesidad desesperada de aferrarse a él que viceversa.

La tomó en brazos y la llevó a su cama, dejando la botella recién abierta olvidada.

Capítulo 9

A TRAVIS lo despertó su llanto.
Se dio la vuelta y la abrazó de modo que su mejilla húmeda quedó sobre su pecho. Solo estaba medio despierto y había reaccionado por instinto, sin pensar, y no se dio cuenta hasta que se encontró acariciándole el pelo y hablándola en susurros para que se despertara, que prefería sufrir con ella.

—Travis —gimió ella, abrazándolo, sin dejar de temblar aún.

—Es culpa mía —dijo. Habían hecho el amor durante horas y ni siquiera habían cenado—. Voy a pedir algo de comer.

Imogen emitió un sonido que no llegó a ser protesta, pero el peso de su cuerpo sobre el suyo lo urgió a no moverse. El latido de su corazón fue aminorando la velocidad, pero aun así transmitía la sensación de sentirse desvalida.

—Tengo la sensación de que esto es el principio del fin —dijo casi sin voz.

Él también la tenía, pero aún no estaba preparado para enfrentarla. Por eso los había ahogado a ambos en aquel éxtasis sexual.

–Ya veremos cómo van las cosas –dijo.

La besó en la frente y se levantó.

Imogen llevaba fuera una semana, y echaba de menos a Travis hasta el punto de que se despertaba con las mejillas mojadas de lágrimas y después de haber estado soñando que acudía a su lado.

«Quiero que te quedes». Sus palabras le habían dado aliento, pero ahora que había tenido tiempo de reflexionar, se había dado cuenta de que no eran palabras de amor ni de compromiso. Lo que había entre ellos era pasión incontrolada, no algo que fuese a durar.

En cualquier caso y pasara lo que pasase, sabía que tenía que alcanzar una posición de independencia. Necesitaba aquel trabajo para su autoestima y su paz mental, además del dinero y la certeza de que tenía un futuro, de modo que le envió una foto del contrato firmado.

Él la llamó por FaceTime.

–¡Enhorabuena!

Parecía estar tan contento por ella que sintió ganas de llorar.

–Gracias… Ah, adiós –interrumpió, mirando hacia la ventana–. Perdona. Es Rafe que se marcha y se despide. ¡Adiós!

–¿Quién demonios es Rafe?

–Ya te hablé de él. Es el que está escribiendo la biografía del padre de Nic. Se va para Londres.

–Pero volverá. Vas a trabajar con él.

–A distancia, Travis –siempre había pensado que

los celos de un hombre tenían que ser halagadores, pero en aquel momento le pareció una falta de confianza–. Hablaremos vía email de los detalles. Eso es todo.

Había prometido que asistiría a la inauguración del hotel en Florida, y llegó con el tiempo justo para cambiarse mientras él le escribía diciendo que estaba abajo y que le era imposible subir.

Le había dejado un vestido. Era un diseño ligero, con falda de vuelo en un tono de azul que imitaba al color del agua que se veía desde la terraza. El cuerpo era sin hombreras y ceñido, sexy y elegante al mismo tiempo.

Cuando llegó al salón de baile, se encontró con un acuario de vestidos de intensos colores y esmóquines. Miró hacia el bar, buscando un podio donde quizás pudiera estar...

Y lo vio, mirándola directamente.

Tenía una copa en la mano y parecía inquieto, con una mirada que no lograba interpretar. ¿Aprobación? ¿Necesidad? En un segundo dejó la copa y caminó entre la gente hacia ella.

El corazón se le salía por la garganta al verlo acercarse, hasta tal punto que ya no pudo seguir negando que el sentimiento que crecía hasta desbordarla era...

–Te he echado de menos –le dijo, aunque en realidad habría querido confesar «Te quiero. Siempre te he querido».

No era el amor inmaduro e irreal que había sentido por él cuando se casaron, sino uno maduro y sabio que sabía que no podía rogar, ni exigir, ni ganarse su amor. Solo podía ofrecérselo y esperar.

¿Brillaba como un letrero de neón en su sonrisa? ¿Repicaba como un mensaje de telégrafo en su garganta? Porque él debió presentir algo, y poco a poco se fue mostrando más reservado. Más hermético.

—Estás preciosa.

Tomó su mano y le rozó la mejilla con los labios.

La esperanza, que había ido inflándose como un globo, empezó a perder gas.

—Tú también estás muy guapo —dijo ella, manteniendo la sonrisa—. ¿Todo va bien?

—Perfectamente. Supongo que debes estar cansada del viaje. Solo tienes que estar un momento. Deja que te presente, y luego puedes desaparecer si quieres.

Tomó su mano y cruzaron el salón. Se dijeron palabras. Se intercambiaron galanterías.

—Imagino que no has tenido ocasión de conocer el hotel —le dijo el dueño, y le ofreció el brazo—. Déjame que te lo enseñe.

Travis le ofreció su brazo a la esposa del propietario y los siguieron. Contemplaron la fuente del vestíbulo, pasaron a una terraza desde la que se veía la piscina rodeada de palmeras y la playa. Él lo había visto todo y conocía cada detalle hasta la saciedad, y se maldijo por haber esperado a verla una vez más antes de poner fin a aquello, pero es que lo necesitaba.

—Es como un castillo de cuento de hadas —dijo Imogen al volver—. Y ahora conozco tu secreto —aña-

dió en voz baja para que solo pudiera oírla Travis—.
Eres un romántico de libro.

Travis había estado sintiendo su ausencia intensamente, lo cual lo enervaba. Le resultaba muy incómodo estar distraído, preguntándose dónde estaría o
qué haría. La sensación de vacío que sentía le había
puesto sobre aviso acerca de un dolor más hondo y
debilitante cuanto más avanzase su relación. Una caída
más fuerte cuando ella se marchara.

Y entonces le decía que iba a aceptar un trabajo
que la llevaría lejos y en el que colaboraría con un hombre. Los celos, la incertidumbre que se había alimen-
tado en su interior, le había dejado bien claro que estaba comprometido hasta las trancas y que ella ya
poseía demasiado poder sobre él.

—Tu marido es un genio –dijo el propietario–. No
podría estar más contento.

—Deberíais venir al viñedo la semana que viene.
Vamos a dar una fiesta en casa –dijo su mujer.

—Imogen acaba de llegar de Grecia –intervino Travis–. Está escribiendo una biografía, y no sé si voy a
poder verla mucho cuando se sumerja en ello.

Sus palabras fueron como un puñal. Intentó mantener la sonrisa mientras volvían al salón de baile, cami-
nando junto a la esposa del propietario, hablando con
ella sobre el encargo, pero sin dejar de mirar a Travis.

Cuando la invitó a bailar, le espetó:

—Si no quieres que piensen que somos pareja, no
deberías haberme invitado a venir.

—Estaba repitiendo lo que me dijiste en tu mensaje. Que ibas a volver en cuanto pudieras. ¿Qué tal
está Rafe? –añadió.

Imogen dejó de bailar.

–¿Qué estás haciendo, Travis?

–¿Qué quieres decir?

–Lo sabes. Yo no estoy jugando. O puede que sí, porque en el fondo no me has dado ni una sola oportunidad, ¿verdad?

–¿Se puede saber de qué demonios hablas?

–Voy a aceptar tu ofrecimiento y me voy a retirar ya –se obligó a sonreír–. Por favor, discúlpame con tus invitados.

La miró a los ojos, la angustia desnuda y la sombra de traición, y supo que era el momento. El viento le soplaba en los oídos como si estuviera en caída libre, pero al menos podía ver la tierra. El punto final.

–Te acompaño.

La siguió hasta la zona de ascensores y la puerta se abrió apenas rozó el botón. No había nadie.

–¿Por qué me pediste que viniera? –le preguntó en cuanto se cerraron las puertas–. ¿Para manejar la cruceta de la marioneta del modo más humillante posible? ¿Por qué no me dijiste que me quedara en Grecia?

–Eres tú la que está ocultando que has conocido a un hombre que…

–¡No te atrevas! –en pocas zancadas se plantó delante de la puerta de la suite y abrió la puerta–. Acúsame de lo que quieras –continuó una vez dentro–, pero no te atrevas jamás a acusarme de serte infiel. Tú eres quien se ha tirado los cuatro años que han pasado desde que nos casamos acostándose con todo bicho viviente.

Él retrocedió como si le hubiera dado una bofetada.

—Un poco tarde para sacar eso, ¿no crees?

—¿Porque no te lo he mencionado, crees que no me molesta? Pero no te he dicho nada porque fui yo la que te dejó a ti. Nuestro divorcio fue culpa mía. Yo fui la mala.

Él frunció el ceño, pero ella continuó.

—No, no me he metido en la cama con el primer desconocido que se ha cruzado en mi camino en cuanto me perdiste de vista. ¡Vete al infierno, Travis, por pensar que soy capaz de hacerlo! —se quitó los zapatos y las joyas de un tirón—. ¿Con cuántas mujeres te has acostado desde que me marché?

—Con ninguna —contestó, molesto—, pero tanto si ha sido Rafe como si fuera cualquier otro o cualquier otra razón, no íbamos a durar y tú lo sabes.

—¿En serio? Vale, pues si tú lo crees así, supongo que será cierto.

—Tu optimismo es enternecedor, pero no te engañes. Los dos sabíamos desde el principio que iba a ser temporal.

—Entonces, lo de Rafe es una excusa. Tú ya le habías puesto fecha de caducidad, pero no tenías lo que hay que tener para decirlo.

—¿Es necesario ser tan desagradable? Sí —continuó, con una voz brutalmente clara—. Estoy preparado para acabar. Lo siento si te he hecho daño, pero sí: se ha terminado.

—¿Lo sientes si me has hecho daño? Lo que yo siento cada día es que estoy viva. He estado condicionada para cargar con la mayor parte de la culpa en todas las confrontaciones y conflictos. ¿Te das cuenta de que voy a irme de aquí pensando que ha sido culpa mía? Es culpa mía que tú no quieras comprometerte. Es culpa mía que no seas capaz de amar. Que no me quieras. Me haces daño, Travis. Cada día me duele estar tan enamorada de ti y saber que tú no sientes lo mismo. ¿Eso también lo sientes?

Él apretó los dientes.

—Sí, y además demuestra lo que te he dicho. Deberías marcharte y buscar a alguien que pueda darte el amor que te mereces.

—¡Vaya! —exclamó. Era curioso que por fin se creyera merecedora de ese amor cuando él le decía que lo buscara en otro sitio—. Lo haré, no lo dudes.

Solo había sacado de la maleta el cepillo del pelo y el maquillaje, así que tardó un momento en volverlo a guardar y en cerrar la tapa, que sonó fuerte en aquel espeso silencio.

—Recogeré unas cuantas cosas del apartamento y me vuelo a Grecia. Rowan me ha preparado la casita de invitados. Pero esta vez no esperes que te guarde ausencias, Travis, y tampoco esperes que te perdone porque tú no lo hagas. Se acabó, y esta vez es culpa tuya.

Travis volvió a la fiesta y solo bebió agua. Él no era su padre. No iba a permitir que una mujer lo destruyera.

A la mañana siguiente, lo recogió todo en piloto automático. Le había dicho la verdad. Aquella ruptura iba a ocurrir. No sobreviviría al desastre más adelante, así que había forzado la situación, mientras aún era capaz de seguir adelante. No se sentía orgulloso de lo que había hecho que, en el fondo era lo mismo que la primera vez, pero entonces dejó que ella cargase con la culpa. Al menos ahora los dos sabían que la culpa era de él.

En lugar de volver directamente a Nueva York, se detuvo en Charleston para ver a su padre.

—¿Cómo es que se ha terminado cuando acababa de empezar? —preguntó su padre—. Creía que tenía que irse a Grecia esporádicamente, no quedarse allí.

Travis suspiró. Ojalá su padre hubiera aceptado sin más la explicación.

—Supimos enseguida la primera vez que no íbamos a durar. Esta vez tampoco lo hemos conseguido.

Se levantó y se guardó las manos en los bolsillos. Allí estaban los anillos. Iba a estropearlos de tanto frotar el uno contra el otro como hacía, pero volvió a hacerlo. Ya era una costumbre.

—He estado viendo a tu madre, ¿sabes?

—¿Qué?

—Hemos tomado café unos días después de mi fiesta. Había cosas de las que no habíamos hablado. No le había dado la posibilidad de que me explicara las cosas desde su punto de vista, tan ocupado como estaba insultándola. Siento que haya distorsionado tu imagen de las mujeres con las cosas que dije entonces.

—Papá…

—¿Sabías que ya bebía antes de que ella me engañase? No quería decírtelo, pero suponía que te lo habrías imaginado. No tanto como después, pero ya sentía la presión del trabajo, de aquellos comités que me insistían tanto en que me presentase a las elecciones estatales. No me acostaba con otras, pero me pasaba más tiempo con la botella y con otras personas que con tu madre. No estuve a su lado como debería, ni antes ni después.

—No estoy aquí para juzgar, papá. Nunca he sentido que mamá me necesitase de verdad, no como tú. Por eso estoy más unido a ti. No necesitamos terapia de familia.

Se frotó debajo de la nuca. Quizás estaba mintiendo. Era posible que hubiera ido buscando compasión.

—¿Te ha engañado Imogen?

—Ni de lejos —confesó, avergonzado de haberle preguntado por otro hombre—. Somos diferentes. Eso es todo.

—Bien.

—¿Bien? Quiero algo con lo que poder contar, papá. Alguien que sea predecible, y no…

Extravagante, dulce y sensible. Tan sensual y cautivadora que se había olvidado hasta de sí mismo.

—Entonces, búscate un perro. ¿Qué clase de garantía quieres, Travis? ¿Sabes lo que dijo Gwyn la última vez que estuvo aquí? Que se alegraba de que su madre hubiera podido estar esos años conmigo. Teníamos planes, ¿sabes? Íbamos a viajar. Yo contaba con eso, y no pudo ser. No me divorcié de ella porque enfermase y cancelara nuestro futuro. No puedes contar con nada, y menos aún con el tiempo. Si no quieres a Imogen, bien. Pasa página. Pero si la quieres, ¿qué demonios haces actuando como si fuera a seguir estando aquí cuando te despiertes y te des cuenta de que la quieres? Estás perdiendo un tiempo que podrías pasar encargando nietos.

Travis volvió a Nueva York al día siguiente con las palabras de su padre dándole vueltas en la cabeza, haciéndole agujeros en el cráneo. Su ático vacío estaba lleno con su recuerdo, lo que le hacía difícil estar allí. Llamó a un agente inmobiliario y se quedó en el despacho, y mientras esperaba se quedó mirando el sitio en el que se había tumbado el primer día. Ojalá se hubiera quedado embarazada aquella noche en el yate.

¿A eso había quedado reducido? ¿A necesitar la excusa de un embarazo no planeado para volver a intentarlo con ella? Era curioso, pero estaba convencido de que si ese fuera el caso, lo haría funcionar. Daba lo mejor de sí cuando lo necesitaban. Su padre, su madre o Gwyn...

¿Había estado esperando a que Imogen se desmayara en la calle para poder ir corriendo a salvarla? ¿Se había sentido amenazado cuando había dejado de necesitarlo? ¿Era ese el problema?

Ella le había dicho que lo quería, pero él solo había sido capaz de ver que estaba dispuesta a abandonarlo. No se había parado a considerar que su pasado la predisponía a tener una necesidad específica de amor, y él no había hecho esfuerzo alguno por satisfacer esa necesidad. Se había limitado a atender sus necesidades básicas de comida y refugio, exactamente lo mismo que había hecho el cerdo de su padre.

Pero él no quería amar a nadie. Nunca había querido. El amor implicaba obligación y lealtad, cuando menos. En el peor de los casos, era un exprimidor emocional cuando las personas a las que amabas sufrían. El amor romántico era una faceta brillante de la pasión, y no algo verdadero, hondo y duradero y, sin embargo, lo que sentía por Imogen eran todas esas cosas. Lo sabía con tanta certeza como que ella lo había abandonado, y que no podía culpar a nadie salvo a sí mismo.

Cuando Imogen era niña, inventar historias era su salvación. Más tarde, cuando el dolor la engulló, llenó cuadernos con poesía y letras de canciones.

Dos semanas después de su ruptura con Travis, encontró una nueva forma que la ayudase a sanar su corazón destrozado, una forma que se identificaba con ella por completo. Cassandra O'Brien había sido rechazada por su familia cuando sus aspiraciones adolescentes se plasmaron en la interpretación. Apenas llegaba a fin de mes, conoció las glorias y las miserias de la profesión y se enamoró de hombres que no la quisieron del modo que ella deseaba ser amada

Casi como un milagro, conoció por fin a su alma gemela y terminó allí, en aquella isla griega, viviendo en una casa que bien podría pertenecer a la campiña inglesa. Era un cuento de hadas que alimentaba a Imogen y que llenaba su corazón hambriento de esperanza.

La idea le hizo suspirar.

–Te has vaciado con ese suspiro.

La voz de Travis la sobresaltó de tal manera que se puso en pie de inmediato y la silla fue golpearse contra la pared.

Estaba increíble. Cansado del viaje, con la camisa arrugada y enrolladas las mangas, pero un festín para su mirada.

–Parece que has llamado al decorador de Joli –comentó él después de echar un vistazo a su alrededor.

–Lo sé. Rafe dijo que él no suele trabajar así…

«Maldita sea…»

–Rafe –repitió Travis.

–Se pasó el otro día porque venía a por unas cajas. No estamos saliendo. No debería haberlo mencionado.

Y así, sin más, sentía los ojos llenos de lágrimas y su autoestima estaba por los suelos.

–¿Qué haces aquí? –le preguntó.

–Quiero hablar contigo. ¿Puedes tomarte un descanso?

–Travis…

Estaba pasando los días como podía. Los niños se pasaban a verla de vez en cuando y no quería que la encontrasen con la cabeza metida en el horno, pero iba a ser incapaz de soportar más interacción con aquel hombre.

Negó con la cabeza.

–Me lo merezco –contestó él, cerrando los ojos–, pero he hecho un viaje muy largo. Dame cinco minutos, por favor.

Ella miró a su alrededor. La casa no solo estaba desordenada, sino que también era demasiado pequeña para contenerlo a él. No podía permitir que se llenara de su recuerdo. Sería incapaz de vivir y trabajar allí.

–Afuera –dijo, y se abrió paso entre las cosas que atestaban el suelo–. Vayamos a la playa.

Esperó a que saliera, cerró la puerta y se puso las sandalias.

–¿Por qué no has llamado? –quiso saber.

–Porque me habrías colgado.

–¿Ocurre algo?

–Mucho.

–¿Tu padre? –preguntó, preocupada.

–Tú estás aquí y yo no.

–Travis…

–Te quiero, Imogen –una expresión de dolor surcó sus facciones al decirlo–. Dios, no me imaginaba que me iba a sentar tan bien. Creo que ya te quería cuando estuvimos casados. Creo que por eso me casé contigo.

Imagen se detuvo.

–Pero tú…

–Te dejé marchar, sí. Me acosté con otras mujeres. Lo sé, y me odio por ello, Imogen. Me odio por todo ello. Por hacerte daño. Por referirme a ti como mi único error. Dejarte marchar fue mi error.

Intentó decir algo, pero se cubrió la boca con una mano y, de todos modos, no habría sabido qué decir.

–No quiero estar enamorado. Y me odio sobre todo por las lágrimas que veo asomar a tus ojos ahora, pero necesito que entiendas por qué me asusta tanto. Dudo que te hayas acostado con Rafe; de hecho, estoy seguro de que no lo has hecho. Pero si hubiese ocurrido me lo merecería. Yo debería haberte sido fiel como tú lo fuiste conmigo, pero no cambiaría lo que siento por ti de haberte acostado con una docena de hombres. Creo que nada podría cambiarlo. Por eso no sé cómo manejarlo, Imogen. Podrías engañarme, y yo seguiría amándote. Seguiría casado contigo. ¿Cómo narices voy a vivir si te doy esa clase de poder sobre mí?

Se acercó a ella y tomó sus manos.

—¿Cómo puedo pedirte perdón? ¿Cómo convencerte, después de haberte apartado de mi lado dos veces, de que me des otra oportunidad?

El corazón le palpitaba de tal modo que la voz le salió débil y temblorosa.

—Dime otra vez que me quieres.

—Necesito palabras más fuertes y mejores para lo que siento por ti. «Te quiero» no es suficiente. Nunca he sido de los que necesitan a otra persona, pero a ti te necesito, Imogen. Te necesito como el aire. Necesito el amor que me has ofrecido. No daré por sentado que vaya a estar siempre ahí, lo prometo.

—Travis…

Iba a abrazarlo, pero de pronto vio que clavaba una rodilla en el suelo y le mostraba, en la palma de la mano, sus anillos.

Volvió a taparse la boca con las manos. Las lágrimas le caían por la cara y cerró los ojos, aterrada porque aquello pudiera ser un sueño del que acabara despertándose estando sola.

—Esta vez lo haremos bien —dijo él—. Un compromiso público. Una boda como es debido, con testigos que nos puedan pedir que rindamos cuenta de nuestro compromiso. Quiero decirle al mundo que eres mía y que te quiero. Quiero que me dejes cuidar de ti porque te quiero en la salud y en la enfermedad, Imogen. En la pobreza y en la riqueza. Hemos visto la peor parte el uno del otro. Hagámoslo mejor ahora. Déjame la mano, por favor.

Aquello era demasiado perfecto. Estaba diciendo todo lo que ella esperaba oír, y no era posible.

—No me lo puedo creer…

—Créetelo. Te mereces mi amor, Imogen, y haré lo que esté en mi mano para merecer el tuyo —tomó su mano y con suavidad colocó los dos anillos en su dedo para luego besarle los nudillos—. Estaba deseando vértelos puestos. No vuelvas a quitártelos nunca. Prométemelo.

Parecía que no iba a levantarse hasta que le hiciera esa promesa.

—Lo prometo.

Se levantó.

—¿Esto es real?

—Muy real. Toca.

Puso la mano en su pecho y sintió el latido de su corazón, y cuando la besó, sintió sus labios calientes y delicados. Y como nunca habían sido capaces de lograr que un casto beso no pasara a ser algo más, se dejaron arrastrar por la pasión y el beso se transformó en algo que sabía a sangre caliente y excitación.

—Deberíamos volver a la casa —sugirió Imogen, sin aliento, pero de pronto frunció el ceño—. ¿Qué pasará con mi contrato?

—En ocasiones tendremos que estar separados —suspiró, resignado—. Nos reuniremos con tanta frecuencia como podamos. Vendré yo , o irás tú. No quiero que te sientas menos de lo que eres, Imogen. Mi igual. Mi amor. Mi corazón. La mujer con la que quiero pasar el resto de mi vida. La mujer que quiero tener en la mía cada día. Te quiero.

—Yo también te quiero, Travis. Siempre te he querido.

—Lo sé, y me honra saberlo. Quiero darte todo lo que tu corazón necesita.

—Ya lo has hecho.

Epílogo

Dos años después

Travis abrió los ojos y miró las paredes del ático. Los colores de las luces de Navidad que parpadeaban en la terraza del piso de abajo se reflejaban en el techo. Era casi media mañana del día de Nochebuena. Estaba completamente vestido en la cama con Imogen. Apenas había empezado el día y ella se había puesto a llorar porque era incapaz de desayunar, y temía que, si seguía sin comer, acabase abortando.

Estaba tremendamente emotiva y no se encontraba bien, razón por la cual habían decidido no unirse a todos en Italia y celebrar la Navidad allí, solos los dos. Dos y medio.

Él, en modo protector, se había acurrucado junto a ella en la cama y se habían quedado dormidos, pero la había oído sollozar, no con el dolor de antes, sino como si estuviera teniendo un sueño.

Se levantó con cuidado para no despertarla y bajó la escalera.

Estaba siendo un día raro. Todo había empezado tan bien... el portero les había enviado las copias de su libro mientras ella intentaba tragarse el desayuno, y él las había colocado bajo el árbol con el resto de regalos, a pesar de sus protestas.

No pensaba esperar hasta la mañana de Navidad para abrir ese paquete en concreto. Para ser una mujer que no celebraba la Navidad, estaba más ansiosa que Toni por abrir los regalos.

Abrió el ejemplar que le había firmado para él y el rostro sonriente de Imogen lo miró desde el papel. Tenía el codo apoyado y la mano en la mejilla, con lo que se veían sus anillos. Ahora llevaba tres: los dos originales más otro que había encargado para que hiciera juego con los primeros. Habían decidido que tres era el número perfecto. El libro contaba ya con un buen número de pedidos previos a su lanzamiento, gracias al carisma de su esposa. Cuando pudiera viajar, iban a dirigirse a Hawái para la última fase de su proyecto.

La oyó moverse un momento después y dio los últimos toques al desayuno: tostadas y huevos revueltos. Le había pedido cita con el médico, pero tenía tiempo de desayunar. Ojalá aquella vez se quedara dentro de su cuerpo.

Tenía los ojos rojos y se abrazó a él al verlo llegar. Él le acarició la espalda.

—Estabas llorando. Supongo que es que debes tener hambre.

Iba a preguntarle por el sueño, pero decidió no hacerlo, y al dejar la bandeja, miró la fotografía que descansaba en la mesilla. Era la única que tenía con su madre y su hermana.

—Julianna ha venido.

Siguió acariciándole la espalda, a pesar de tener los pelos de punta.

—Hacía mucho tiempo que no tenías un sueño de esos.

–Me ha dicho que ya no va a volver. Que ahora te tengo a ti.

La apretó aún más, afectado por la melancolía de su voz, pero con la esperanza de que no volviera a llorar en sueños.

–¿Qué te parece el nombre de Julian si es niño? –aventuró.

–Me encanta –contestó él–. ¿Y Julianna si es una niña?

–Siempre he pensado que, si era una niña, me gustaría que se llamara Lilith, como mi madre.

–También me gusta.

Era un calzonazos sin remedio, pero le daba igual. Nunca una mujer lo había hecho tan feliz.

–Eres mi héroe. ¡Menudo desayuno! Pero si el bebé lo rechaza, no será culpa mía.

No. Sería culpa de Julian.

Julian, que llegó siete meses después, con una mata de pelo del mismo color rojizo que el de su madre y una personalidad fuerte y simpática que tenía hechizados a sus padres.

Su hija, Lilith, llegó dos años después. Tenía la piel de su padre y unos ojos que Travis había visto en sueños una vez. Era muy dulce y adorable, imposible de resistir, y no es que alguien lo intentara, y menos sus padres y su hermano.

El único defecto que tenía era el gusto que tenía por aparecerse junto a la cama en plena noche ¡y luego reírse a carcajadas del susto que se llevaba su padre!

Bianca

De una noche inolvidable… ¡al altar!

INOCENTE BELLEZA

Clare Connelly

Gabe Arantini, soltero de oro y multimillonario, se había puesto furioso al enterarse de que la inocente belleza con la que había pasado una maravillosa noche era la hija de su rival. Y las navidades siguientes Abby le había dado la noticia de que había sido padre. Gabe había sabido que tenía que casarse con ella para que su hijo creciese en el seno de una familia, pero el suyo sería un matrimonio solo en el papel, salvo que la química que había entre ambos pudiese cambiar la situación.

Acepte 2 de nuestras mejores novelas de amor GRATIS

¡Y reciba un regalo sorpresa!

DESEO

Su sexy jefe le llegó al corazón y despertó su deseo de una forma completamente inesperada

Noches mágicas

MAUREEN CHILD

Joy Curran era madre soltera y necesitaba el trabajo que le había ofrecido su amiga Kaye, el ama de llaves del millonario Sam Henry, quien vivía recluido en una montaña. Sam no se había recuperado de la muerte de su esposa y de su hijo, y se negaba a sí mismo el amor, la felicidad y hasta las fiestas de Navidad. Sin embargo, Joy y su encantadora hija lo devolvieron a la vida. Por si eso fuera poco, Joy le despertó una pasión a la que difícilmente se podía resistir, y empezó a pensar que estaba perdido. ¿Sería aquella belleza el milagro que necesitaba?

Bianca

**Su fortuna es inmensa,
pero reclamar a su hijo no tiene precio**

UNA NOCHE EN MARRUECOS

Maya Blake

N° 2748

Joao Oliviera podía ser uno de los hombres más ricos del mundo, un hombre hecho a sí mismo, pero aquella última transacción era algo personal. Para asegurarse la victoria, necesitaba a su mano derecha, Saffron Everhart, pero la innegable tensión sexual que había entre ellos era más poderosa que nunca desde que, por fin, se rindieron a la pasión una noche en Marruecos.

Y esa tensión estaba a punto de explotar porque Joao acababa de descubrir que Saffron estaba embarazada.